詩人不在、去抽菸了

徐國能

代序
不再

五月黃昏的臺北猶陰雨輕寒，小小的電腦螢幕，一個視窗顯示漫無頭緒的研究論文，一個視窗呈現社會紛紛擾擾的新聞與評論。世界離我好像很近，卻又非常遙遠。女兒在客廳的鋼琴前練習新學的曲子，從凌亂、間斷與錯位的音符，慢慢整理為和順的旋律，廚房傳來水聲和瓷器輕輕碰撞的聲音。如果，二十年前的我在此刻走過窗前，會用甚麼心情想像這暈黃燈光下的情感與生活；如果，二十年後的我在同一扇窗前，又會有甚麼記憶與感嘆？

華年無聲無息，帶走了青春，和曾經做過的夢。

過去我曾寫過一些凌亂的詩句，而我現在僅僅是一個偶爾讀詩的人。那些詩句像是在夢中，無數的陌生人的低語，當我努力想分辨其中一兩句模糊低語的含意時，夢也就慢慢醒來。

樸素的日常，周而復始。固定的程序打開電腦，發動汽車，以四步走完日日的石階，按下電梯不變的鈕，仍像昨日一樣地匆匆來去，噓寒問暖，淡漠且適宜地與世周旋，既不彼此相愛，亦無嗔怪怨懟，一如維持住呼吸，我維持目光，不望向遠處。靜坐時也可以想像這樣持續到某一天，我必須交還鑰匙，將每一個門鎖、將空間、將光影與愁煩全部留給另一個生命；熄滅了燈，我將只帶走我的記憶如瘦弱的盆栽，甚至連這都必須拋棄？

進行中的日子似乎超越了喜悲，超越了盼望。

然在極偶然之處，這樣的心，竟也無端遲疑，也許是因為一片綠葉上的風，也許是一首童年時的歌，讓我忽然清晰地聽見了那些夢中的低語，忽然明白了那是昔日對世界的無心留言。在這些憬悟的剎那裡，我可以稍稍忘記自己，而去享有微酸或淺甜的時刻，並感到遼闊大千以其溫柔的恩慈，為我鋪設了奇異的緣分，因而來到這裡，明白這些。

翻閱過去寫過的文字，才明白那微妙的剎那曾經臨降，也已經遠離，每一個我們願意記得或努力遺忘的瞬間，都已不再。

就像此刻，一首樂曲接近完成，一道佳餚已經盛盤，夜幕低垂，日間大多數的紛擾雖不為人所諒解，但也可稍稍放下。雖知不能，但我仍願將自己安置於永遠不再的此刻，隱約而又短暫，深情且從容，人人都知道五月是最好的，因為媚俗的六月還沒有到來；也因為純真的四月早已離我們遠去。

二〇一四，臺北

目次

輯二 草莓時刻

詩人不在，去抽菸了

輯一

一片禱告一片恩寵

飲食小記

茫茫復茫茫，不期再回首。傾渡彼世界，已遐回首處。

廚房的故事

童年的廚房是公寓一樓向後面山角荒地延伸出去的半違章建築，後門一開是母親養雞的小院，有棵從不結實的木瓜樹；屋頂是塑膠浪板，陽光好時不必開燈也很亮，一架簡陋的洗槽，一臺兩口的瓦斯爐，一家的生活就從這裡展開。

清晨透亮的陽光中是父親上工前炒蛋炒飯的香氣；下著雨的黃昏是我坐在小板凳上，或許幫忙摘空心菜，或許是掐黃豆芽的時光。隨著單調的雨聲，時間那麼悠長，日子那麼簡單，春日有自摘的香椿芽炒蛋，初夏是幾大盆粽葉、糯米與醃在醬油裡的豬肉香；秋天裡手揉的南瓜饅頭或冬天時全家一起包起來的瓠瓜水餃，小小的廚房是一年四季，是清貧時代的樸素與現實，食物的香氣與家人的笑語讓它充滿沉靜而從容的輝光。

婚後有了自己的家，如何改裝北市舊公寓裡三坪空間的小廚是最需費心的。妻不喜歡陰暗，我希望沒有阻隔，我們將一面外牆砌上玻璃磚，企圖透一些光影進來；地磚與系統櫃用明度與對比強的顏色，在眾人的反對中打掉室內牆，用一張小吧檯代替餐桌，勉強算是廚房與客廳的分界。

那是新婚生活的浪漫，長輩們總擔心廚房這樣敞開，油煙勢必瀰漫全家。因此我們排除了煎、炒、炸；而多採取燙、燉與蒸這些比較簡單少油的料理方式。每天黃昏，閒坐桌邊，一碟茶蒸豆腐，一盌馬鈴薯燉肉，一盤淋上橄欖油的燙青菜或蘆筍，再配一杯冰啤酒與孟德爾頌的《無言歌》，一天就這樣安逸地消沉下去了。

曾有經濟學家鑑於都市生活過於繁忙，許多都市家庭以外食為主，廚房成為最浪費的閒置空間，因而主張設計一種沒有廚房的家屋，以達到更經濟的空間利用。細思這個概念不無道理，分工細密的時代，一日所需都已假手他人，廚房這象徵親手調製、自我斟酌的操作概念，或許已和「夜雨剪春韭」或「洗手做羹湯」這類古典風情一同漸成陳跡了，但廚房真的只是一個烹煮食物的場所嗎？

日前H教授送我一臺她夫家代工的手動式義大利切麵機，妻女買來了杜蘭小麥粉，我們一家三口在小廚房堆出麵粉山，打下雞蛋，拌入橄欖油和玫瑰鹽，漸漸揉和成豐軟嫩黃的麵糰，擀成麵蛇後推入機器，有韻地手搖轉輪，螺旋狀的義大利麵就紛紛落在了大瓷碗中。孩子對自己製成的麵驚奇不已，窗外暮色低垂，我想在此刻，多少廚房撚亮了暈黃的燈；多少爐頭溫暖了疲倦的心。飛揚的麵粉與番茄肉醬熬出的香味，使我突然想起了遙遠的童年時光，原來廚房不只是一個烹調空間，而是維繫了對家的情感與記憶；平凡的人間煙火無可取代，正是因為幸福真正的滋味就在其中。

荸薺

荸薺，音「鼻其」，學名*Eleocharis dulcis*，是多年生的草本植物，長在水田或池塘水淺處，其葉青蔥耿直，我們吃的原是它埋在地下的球莖，母親從來就說那是「菩薺」。

把荸薺寫的最好的是汪曾祺，在〈受戒〉那篇小說裡，小和尚明海就住在「荸薺庵」，書裡講到摘荸薺的事：

荸薺的筆直的小蔥一樣的圓葉子裡是一格一格的，用手一捋，嗶嗶地響，小英子最愛捋著玩，——荸薺藏在爛泥裡。赤了腳，在涼浸浸滑溜溜的泥裡踩著，——哎，一個硬疙瘩！伸手下去，一個紅紫紅紫的荸薺。

小和尚就這樣和女朋友摘著玩，竟而產生了情愫：「她挎著一籃子荸薺回去了，在柔軟的田埂上留了一串腳印。明海看著她的腳印，傻了。五個小小的趾頭，腳掌平平的，腳跟細細的，腳弓部分缺了一塊。明海身上有一種從來沒有過的感覺……」，原來採荸薺竟是這樣詩意，好像一幅還濕著的水彩畫。

荸薺不僅優美，更是好吃。在廣東館子吃完正餐，再來一塊馬蹄糕，就著半溫的普菊隨意聊上一刻鐘，那是很愜意的事。馬蹄是荸薺的別稱，將荸薺粉撞入和了油的糖水，攪勻後蒸個十幾分鐘就是這道風味佳餚了，嫩軟的糕裡最好要有幾丁荸薺粒，好像是粗心的廚師磨粉時不慎使然，但這卻添增了一些原本屬於它的民間風味，更能襯出其口感的獨特。

一面吃著糕，不免要想到了那遙遠的詩：

送她到南方的海湄

便哭泣了
野荸薺們也哭泣了

喜歡附會的饒舌人說詩是「一去無消息，那能惜馬蹄」，或是「紅燭自憐無好計，寒夜空替人垂淚」，這都是胡扯，超現實主義的野荸薺原是生長在我們心裡的，那淺水處的意念，那清冽的氣息像夏秋之交的一個黃昏，或是東方的神祕主義那樣孤獨而遙遠。

我最不能忘卻的是兒時母親買回來一大盆帶土的荸薺，我們把它洗得紅亮紅亮，削去皮後相當潔白，忍不住一口咬下，生的荸薺多汁可口，涼涼的、粉粉的，很澀的甜味在舌上轉了一圈便永遠留在心裡。

黃昏時，切碎的荸薺就著絞肉、雞蛋、蔥薑細末等揉成大肉丸，裹一點粉「喳」地一聲扔進油鍋，煎黃了再燴下高湯酒糖，待濃郁的香氣充滿廚房，再燜一下便是紅燒獅子頭了。現在餐館裡的獅子頭多肥且油，為了健康因素不能多吃，而且不知為何，荸薺放得少，一面吃了，想到的還是那詩：

而且在南方的海湄

而且野荸薺們在開花
而且哭泣到織女星出來織布

如果說生命是一條長河，流過許多的地方，那麼一定有什麼地方，是在歸向大海時讓你特別留戀的。我想我或許會說，在那荸薺葉蔥蘢的秋水淺岸，夜空裡的故事是使人懷念的；或是在那甜得令人回憶起便感到痛苦的滋味中，我們漸漸懂了世界雖然無情，但也有待我們不錯的一些時候。

給我一塊糕

《儒林外史》裡有一則每看必為之絕倒的故事，整段鈔錄在這裡：

嚴貢生坐在船上，忽然一時頭暈上來，兩眼昏花，口裡作惡心，噦出許多清痰來。來富同四斗子，一邊一個，架著膊子，只是要跌。嚴貢生口裡叫道：「不好！不好！」叫四斗子快丟了去燒起一壺開水來。四斗子把他放了睡下，一聲不倒一聲的哼。四斗子慌忙同船家燒了開水，拿進艙來。嚴貢生將鑰匙開了箱子，取出一方雲片糕來，約有十多片，一片一片，剝著喫了幾片，將肚子揉著，放了兩個大屁，登時好了。剩下幾片雲片糕，擱在後鵝口板上，半日也不來查點。那掌舵駕長害饞癆，左手扶著舵，右手拈來，一片片的送在嘴裡了。嚴貢生只作不看見。

少刻，船攏了馬頭。……船家、水手都來討喜錢。嚴貢生轉身走進艙來，眼張失落的，四面看了一遭，問四斗子道：「我的藥往那裡去了？」四斗子道：「何曾有甚藥？」嚴貢生道：「方纔我喫的不是藥？分明放在船板上的！」那掌舵的道：「想是剛纔船板上幾片雲片糕？那是老爺剩下不要的，小的大膽就喫了。」嚴貢生道：「喫了好賤的雲片糕！你曉得我這裡頭是些甚麼東西？」掌舵的道：「雲片糕無過是些瓜仁、核桃、洋糖、麵粉做成的了，有甚麼東西？」嚴貢生發怒道：「放你的狗屁！我因素日有個暈病，費了幾百兩銀子合了這一料藥，是省裡張老爺在上黨做官帶了來的人參，周老爺在四川做官帶了來的黃連！你這奴才！『豬八戒喫人參果，全不知滋味』！說的好容易！是雲片糕！方纔這幾片，不要說值幾十兩銀子，『半夜裡不見了鎗頭子，攮到賊肚裡』；只是我將來再發了暈病，卻拿甚麼藥來醫？你這奴才，害我不淺！」叫四斗子開拜匣，寫帖子：「送這奴才到湯老爺衙裡去，先打他幾十板子再講！」掌舵的嚇了，陪著笑臉道：「小的剛纔喫的甜甜的，不知道是藥，只說是雲片糕。」嚴貢生道：「還說是雲片糕！再說雲片糕，先打你幾個嘴巴！」

這個故事一方面說明了雲片糕的原料，一方面也說明了糕是不能隨便亂吃的。糕的甜，糕的軟，糕的香，讓它成為造得最好的漢字之一，雖然是一個普通的形聲字：「從米羔聲」，但那用米當原料，用火在底下蒸炊，並有層層鬆軟口感的形象，實在是很鮮明動人的，上面那兩點，可以是櫻桃或草莓，也可以是兩根小蠟燭，這是天才與美食家造出來的字。人人都是糕的俘虜，這是《儒林外史》中這位小氣的嚴貢生奸計能得逞的主因，如果他的「藥」是幾枚黑仁丹，那害饞癆的船夫大概是不屑一顧的。

西洋的蛋糕是很重視視覺感受的，所以各式蛋糕都很注意外觀裝飾。以前開在我的母校龍安國小那裡的「花旗蛋糕」是藝人唐琪的名店，小學時每天走過，裡面各式花樣的蛋糕模形真是充滿巧思。我從小的夢想就是能有一個這樣的蛋糕來過生日，但真的有了，又怎捨得吃呢？相對中國的各式糕點比較重實際，所以外表多半樸素，內涵卻很扎實。在我生命裡留下無窮滋味的糕點，除了過年時的紅糖年糕與切片煮成甜湯的寧波白年糕外，我最喜歡的是這幾種：

馬拉糕與倫敦糕

以前我們大學的後門那，到了晚上會來一輛小車，車上滿載蹲在蒸籠裡的各色小點，如果正好手頭寬裕，我會去買一塊黃澄澄的馬來糕，就著香香的熱氣吃了它，雖然並不濟飽，但那獨特的香味與蒸籠掀開時的氤氳，好像魔術一樣可以將人帶去一個幸福的片刻。

馬拉糕其實只是比較古樸粗糙的蛋糕，原料也就是蛋、糖、奶水和麵粉，但因是蒸熱現吃，特別使人有溫存之感。「馬拉」據說是廣東人稱「馬來」的誤讀，不過同樣是廣東點心，我似乎更喜歡一種較不普及，但也常被人誤讀的倫教糕。

去店裡買倫教糕，結帳的小姐特別說，這是「倫教糕」不是「倫敦糕」喔，真是熱心。倫敦是英吉利國的大城，揚名四海；倫教是廣東順德的小鄉，說起來沒什麼人聽過，不過這個軟彈黏香的點心，實實在在是出自倫教縣，結帳小姐說的沒錯！

倫教糕是用白米漿加了酵母，發酵後蒸成的白糖糕，和一般麵粉發酵食品吃起來口感完全不同。微甜的糕體帶些輕微的米醋香，一點微酸正是發酵食品最獨到的風味；嫩白的糕體充滿蜂巢狀小格，那是炊蒸過程中，熱氣將小氣室衝開的結果，這種結構吃起來軟中帶彈，黏而不霑，勉強比喻，和法國甜點可麗露有一點像。

倫教糕相當實在，沒什麼裝飾亦不必另加佐料便可食用，這種發酵米食非常好消化；深夜療飢、午後清談，吃一點這糕是很好的，可惜倫教糕難於保存也不好行銷，近年便帶著這種古樸的風味在當代日漸式微，販售這種糕點的店愈來愈少，我從沒在什麼大飯店或高級餐廳裡看過賣這種糕點。

我們小時候都說這是「倫敦糕」，不為什麼，一來覺得它有那麼一點古老的異國風味；二來不是有首歌說：「倫敦鐵橋垮下來」嗎？如果那橋竟是用這軟糕搭成的！夜裡配著英式香草茶，一面喫糕一面寫作，不覺便想起難得有糕的童年，在此當下，我滿希望它就能叫 London Cake，因為那樣便永遠地連接了我兒時的回味了。

茯苓糕與龜苓膏

陪母親到長庚醫院拿藥，醫院旁邊的小攤不少，那個賣茯苓糕的特別吸引我，聽說茯苓對老人和心血管疾病的患者有益，即刻拿了一條紅豆，一條綠豆的和母親當街分食，糕還溫熱，帶著濕濕的水氣，細緻綿密的口感，的確是茯苓糕所獨有的。

顧名思義，茯苓糕是以茯苓粉和米粉、糖粉，不添水、不發酵所炊成的小點心，因此口感以柔細取勝，缺點是容易乾燥，不能久放。

日前作研究論文，讀到了一則詩學批評，金朝的元好問說：「夫金屑、丹砂、芝朮、參桂，識者例能指名之，至于合而為劑，其君臣佐使之互用，甘苦酸鹹之相入，有不可復以金屑、丹砂、芝朮、參桂而名之者矣。」大意是說作詩要善於融化典故，使讀者有所感悟，但不知此感悟是來自於詩中何典何故。詩評中提到的幾種中藥，其中的「芝朮」，就是靈芝和白朮；「參桂」當指人參與肉桂，我們所熟悉的「四君子湯」，就是：人參、白朮，再加上伏苓與甘草，可見茯苓是很好的東西，是君子，溫和營養，即使化成甜糕，也必有祛弱益脾的功效。

深夜讀到這一則詩評，心中想起的是雪白綿密的茯苓糕，我不曉得元好問的時代有沒有發明這麼好吃的甜點？

茯苓還能做成另一道好吃的藥：龜苓膏。

調了純蜜的龜苓膏有妙不可言的滋味。小時候不易吃到，大人視之為珍品，我嫌苦，頂多願意喝一匙碗旁的蜜水，但中藥味濃得刺鼻。長大後才慢慢能體會苦苦的藥味中，藏有一縷清幽之甘。嚴格說來，龜苓膏應是一種藥物而非食物，不過在我看來，中醫裡把萬物都視為藥，皆有其藥性藥理，因此藥物與食物也就沒有區分了。

龜苓膏以前是皇帝、娘娘吃的保健食品，現在是平民化的小吃，有傳統的小店還是用小瓷罈蓄著，要吃時倒撲在白碗裡，那黝黑如墨的一坨顫顫巍巍，淋上一些金色甘蜜，冷熱吃其實都好。和仙草、愛玉、布丁、果凍這類半凝膠狀的食品相比，龜苓膏特有其更勝一籌的彈韌口感，而以「苦」為其滋味的根本特色，似也比這些甜膩的食品更具一種高格。

有時我會看到誤將「膏」字寫成「糕」，雖然口感或可聯想，但龜苓膏和前面三種糕不同，它是不加米粉、麵粉的。炙熱的夏天，能在向晚時分的風裡，光著膀子吃一碗冰涼的龜苓膏，退去了溽暑的煩躁，對苦思甜，許多人間的恩恩怨怨好像就不必太計較了，我想清涼世界大概就是這樣吧？

鼎泰豐的千層油糕，奧地利餐廳的薩爾斯堡鬆糕，都是值得品嘗的美糕。糕是人間永遠的溫柔，還記得那首歌嗎：搖啊搖，搖到外婆橋，外婆說我好寶寶，給我一塊糕。那塊人間最甜最香的，究竟是什麼糕呢？

蘋果麵包

人生像一條小船，過眼的風景雖然令人留戀，但隨著悠悠流水，那美好一切終將漸行漸遠而至於消逝在視線之外，「惟見長江天際流」，是選在國中課本裡，闡訴人生最深刻的好詩。所以當我們在這只能向前的一路上，偶爾竟能遇上一些似曾相識的風景，微微的欣與悲長在波心蕩漾不已。

我逐漸有一種體會，年紀愈長，世界所能給予的快樂就愈少，習慣於淡漠後，也許就是古人說的「境界」那回事了。因此真正的快樂，惟有在童年才發生，後來的歲月縱有開懷，但不免世故了一些。在我的童年中，「蘋果麵包」的確是緊緊牢繫著那無與倫比的快樂的。

什麼時候吃蘋果麵包呢？四月四日兒童節的前一天。在四月三日，校長溫和地在朝會祝大家身體健康；學業進步及兒童節快樂之後，帶隊回教室就是發蘋果麵包的時刻了。值日生已從合作社抬來藍色塑膠箱，老師一聲令下，我們很快地就分到了麵包。那麵包一片六塊共兩片，裝在一個有封口拉鍊的透明塑膠袋裡，外面用紅字印著「蘋果麵包」，一起發下來的可能還有一張墊板吧，都是臺北市教育局長送的禮物。在那一刻，我感到自己是如此隆重地受到尊敬與款待，也因此曾在那一刻立志好好讀書，長大後報效國家。我不像其他同學總是現場吃光，我要將麵包與墊板帶回家，等到明天——兒童節的到來，才慎重地一面寫功課一面吃麵包，其樂也無窮。

輕輕剝下一塊，滑滑的表面，淡淡的蘋果香，甜甜酥酥的滋味，我是那沉溺在幸福漩渦裡的小舟，蘋果麵包像是一朵有十二瓣的花，我一一吃光他們，一面惋惜美好是如此短暫，一面立志要做一個偉人，兒童節的美好就這樣輕輕地擦拭了我的心，為了這個節日，為了這種心情，我不想長大。

日前在便利商店，意外地發現了新包裝的蘋果麵包，滋味和舊時的月色一般清亮，但一回首就是半個人間了。大多數的時候，人生是隔著淺淺一條小河的。而「蘋果麵包」，正是讓我往渡其間的小舟。慎重地將麵包買回家，喚來妻子共享，兒童節的幸福與那早已淡出政壇的教育局長又回到我的心中，有一則偈語也許可以訴說那滋味所帶給我的感想：

茫茫復茫茫，不期再回首。傾渡彼世界，已遐回首處。

咖啡匙舀走的生命

我用咖啡匙舀盡了我的生命

近幾個月，行經和平東路國立編譯館附近時，我總是向一個熟悉的牆角張望，原先那有一位推著小車，賣手沖咖啡的殘障老人，他親切善良，舉止瀟灑，「花神」咖啡無比香醇，是人間一道溫暖的風景。可惜不知何時，他與咖啡小車同時消失，只留下一片無言的牆角與我對「花神」的無限回憶。我還記得，有時我買了咖啡去學校，一進電梯，所有認識與不識的人都忍不住說好香，那也許是包含老人不向命運低首的「德馨」吧。

咖啡已是這個時代的標誌，我的同事或朋友中，有的不抽菸，有的不喝酒，有的不結婚，或結了婚不生小孩，正是所謂的「各有堅持」。不過卻很少人不喝咖啡，套一句政治術語，咖啡是彼此的「最大公約數」，即便是長期失眠患者，總還是奮不顧身投入那黑色沼澤當中。

咖啡帶來什麼呢？是感官瞬間飽滿的刺激，也是近乎幽默的黑色靈感。對大多數的人而言也許是片刻的小憩；但我發現咖啡已經成為商業社會的人際禮儀之一，談生意的人往往要擺杯絕望的咖啡在文件堆雪的桌上點綴一下，直到它寒涼成與數字相同地冰冷也不喝上一口。

就我個人來說，咖啡總是為我帶來不少生命的靈光，賦予我另一個靈魂。聽到了上課鐘才匆匆從咖啡館跑進教室的那堂課，進度一定落後，不過笑聲會比較多一點，剛才的那一小杯咖啡讓思想活躍了起來，面對同樣的作品，似乎可以產生超乎以往的感受和聯想，而且更有樂於分享的心情，東扯西拉，討論作品變成輕鬆與歡樂的漫談，這是我真正神往的文學課。我最近發現，小筆電普及後，在咖啡館遇到寫文章的同事也比在圖書館中多，我想不僅是因為咖啡館的氣氛輕鬆，同時也是因為一杯甘醇的咖啡，能為文章帶來更多的香氣吧。試想如果當年嵇康、山濤之流在竹林裡或柳樹下，撩動袖袍而啜飲的是一盅藍山或曼特寧，那麼中國思想史的那一頁會不會更加深邃燦爛呢？

我是上大學後才喝過真正的咖啡。兒時的咖啡只有一種，就是「雀巢即溶咖啡」，那是一個有大紅塑膠蓋的玻璃罐，咕嚕咕嚕轉開後焦苦的香氣至今記憶猶新。不過那多半是客人送來的禮盒，我的父母不喝，我們聞著香，也不敢喝。後來有了單包裝的「三合一」或罐裝咖啡，那大紅蓋便日漸沒落了。上大學後，待在咖啡館的時間遠比圖書館多，這才知道一杯好咖啡是如何煮成的。那時與同學清談終日，大量的咖啡終於使我們成為晝夜顛倒、思想激進的憤世青年。我浮沉在杯中的領會是：人生最值得活的一刻，不在什麼功成名就之時，而應該在飲盡最後一口微溫的咖啡，望向窗外，晴空悠悠，暮色與人生都很遙遠的當下。

後來我開始自己烹煮，一半是省錢，一半是附庸風雅。慢慢將豆子手磨成粉，淺淺地加熱，深深地談心，夫妻生活倏忽這樣也過了十年。艾略特（T. S. Eliot）在他那首意味深遠的長詩〈普魯弗洛克的情歌〉（The Love Song of J. Alfred Prufrock）中說：「我用咖啡匙舀盡了我的生命」（I have measured out my life with coffee spoons），沒有錯，人生能禁得起幾匙的咖啡呢？

為了讓咖啡的年華更加燦爛，我送了一個英國瓷杯給妻子。純白的瓷上繪著藍色的中國風情畫，應該就是《柳景盤》裡的那個愛情故事。瓷繪筆調古拙：東方的柳林，佛塔的飛簷，拱橋上的行人與小舟，眼看就是江流天地外了，多少的情意卻成有無中的山色。我不知道我們將在那樣的意境裡漫汗多少晨昏，但生命是應該虛度的，因為那樣才美，因為平淺的咖啡匙縱能緩慢舀盡人生，但實在是無法盛起太多的真理或人間積極的意義。

捷運終點站

刻骨相思自不磨

秋色旖旎，春光纏綿，兩年來看遍了晝與夜的窗景；當初努力發芽的禿木如今也已綠葉扶疏，韶光總在不經意間化為煙火化為流水化為記憶，又經常藉著種種纖細的意象提醒我歲月的流逝。人間總有太多匆忙的行旅，進站出站間，誰又能在哪一方泥土上留下永恆的足跡，或者剪取所謂刻骨不磨的相思？

前兩年每週數次往返淡水上課，去時一路檢點參差的樓、凌亂的街與靜默不語的青山，回時在零落的夜燈中作著極淺的夢。淡水捷運站對我而言是一個必然行經的出口與入口，在概略的認識裡，「淡水站」無論在硬體結構或是經濟、文化乃至於交通的意義上，都遠遠比不上「臺北車站」那麼複雜深沉。「淡水站」只是紅線的終點而已，主要的腹地是一條搽脂抹粉的半老舊街，稍遠的想像則是極度人工化的觀光景點漁人碼頭。淡水站從未引我駐足，總是倏忽而來，疾馳而去，它只是一個「站」而已，而「站」的本身就是片刻的駐足，在意象上是給旅人、浪子或是過客的，不是歸人。因此一個「站」，只要有適於等待的月臺，方便轉車的指引便足夠了，在過去的印象裡，淡水車站沒有終點的荒涼感，也沒有起點的興奮之情。

離開了淡水的工作後，我幾度重遊舊地，捷運站依舊龐大，或許因為不是假日，捷運站少了遊人的笑語，也不聞各式活動的喧譁，寂靜中我感受到淡水捷運站另有一種難以言喻的況味。

第一次在天氣晴朗的正午時分，有藍天無雲青山無塵的好視野，車站的後側就是悠悠河岸，信步其間，小小的潮汐輕拍樹蔭下午覺的夢；一群老人在巨大的榕樹下寫生。順著他們的視野望向真實風景，遠處豔紅的關渡大橋與對岸的樓房都彷若雲端，亦真亦幻，我這才驚覺他們布局安詳筆法寂寞的畫面，那似乎並非寫生，而是近於對理想世界的描繪，又像是對不忍的紅塵做回顧的一瞥。淡水捷運站的性格在此展露，從地底到地面，從繁華而蕭瑟的漫長行程就像一個巨大的隱喻，終點處一水橫隔，無論回首或是眺望，都是人生最世故也最單純的眼神。而終點適合等待，老人們輕語著收拾畫具，等待渡輪緩緩靠岸，緩緩的遠離，他們可能要去另一個地方寫下此地風景，船後的水波很快地平靜，繼續向海奔流。

最近去淡水則是在斜風細雨的下午，出站後是一片江闊雲低的秋景。仍是順著堤岸走，午潮悲湧黃濁的泥色，煙水繚繞的盡頭，一隻白鷺鷥兀立於奇形的漂流木上，正不耐煩地刷梳著濕亮的雪羽，野渡無人，關河冷落。遠處傳來列車開走的隆隆聲，我感到自己被遺棄在一個慌張的夢境裡，再也無法回到過去的世界。魯迅曾說他「在年輕時候也曾經做過許多夢，後來大半忘卻了，但自己也並不以為可惜」，而我在兩年往返淡水的途中，也作過無數的夢，如今亦是了無痕跡。只是每次醒來時，總想追蹤著夢裡線索企圖在現實中找到一些解答，不過都是徒然而已。因此我漸漸體會，所謂旅程，在某種意義上來說大約就是追逐著自己也不解的夢吧！而漸晚的淡水站就像一個巨大的巢，孵著所有旅人的夢，隨著班車的到來與離去，有些才要開始，有些已然結束。而我望向遠處的淺灘，欹倚舟楫是誰擱置的人生，浮天滄海也曾是這些舟楫的夢嗎？

江天暮雨，白鷺鷥振翅遠飛，留下風雨的沙渚。偶立在悄然的岸上，我第一次感到捷運終點站與自己的心是如此貼近如此荒涼，像那隻白鷺鷥曾佇足的漂流木那樣，橫斜在黃昏的邊境之外。

摩天樓

登樓欲盡傷高眼，故國平蕪又夕陽。

望向窗外，深秋的天空在黃昏裡淡成極淺的藍色，晚雲鑲在澄明的天上，彷彿正在靜靜俯望緩慢移動的車陣與漸次明亮的樓燈，臺北盆地的薄暮是流質的風景，綠樹灰樓黑河暗山，像濃郁心事融化在一杯苦茶的滋味裡，所有的意象都商略黃昏，欲語而無。

在火車站前的新光大樓還是臺北最高建築物的時候，我曾經也在這樣的時刻登臨眺望。據說從高處俯瞰大地，總會有不同於平常的深刻感觸，一部分來自於在俯瞰中驚覺了生活範圍的稠密狹窄，並相對於敻遼大空而體認了人類生命的藐小，因此不免感嘆鎮日汲汲營營的可哀可笑。另一部分則是來自於人類僭用了上帝的視野，看清人子費盡萬年心力所營構的生活型態，其實無異於蟻塚蜂巢的盲目，亦不免在可哀可笑後產生同情，進而產生靜安所謂「可憐身是眼中人」的覺悟。因此高樓總給他的登臨者予雄渾的悲愴，予無盡的哀憐，予智者忽現的靈光，予愚者片刻的憬悟。而所有的人子，在品味了那樣的瞬息之時，不免產生片刻的肅然與緘默，無言獨上高樓，那是悲劇的永恆象徵。

自家中的客廳側望，可見那已成為世界之最的臺北一〇一大樓，在夜幕低垂時點亮了她自己，這時我便覺得臺北一〇一大樓就像一支巨大的芯，整個臺北盆地的文明生活就是蠟燭微凹的頂端，都在她熒熒的幽光中融為液態，乃至於緩慢地氧化為亙古的記憶，散入茫茫的時間之風。有時我不禁悲觀地想，未來的臺北，大約都要生活在她以絕對高度所形成的陰影下，她將成為文學描寫的對象，影視捕捉的焦點，具體占有我們的視野與記憶，成為臺北最堅定的風景。以往去國懷鄉的遊子可以夢寐植物園的荷池、龍山寺的香火與陽明山的花季，但未來在異地回首的臺北人，必然在腦海中浮現一柱擎天的一〇一大樓，以及她冷冷表現的都市文明，也因為太過簡明的意象，所有人或也可能喪失一些更複雜的懷舊與感傷。

但我們為什麼非要懷舊與感傷呢？

據臺北一〇一的建築團隊表示，一〇一大樓企圖改變近世以西方建築為唯一美學標準的態勢，這棟現代化的摩天樓並不展現西方當代建築所強調的純粹之美，在外型上，採取了我國重視象徵的傳統，以節節高升的竹狀環節來敘述；在表面上則借法於東方強調裝飾性的布置，天圓地方的銅錢，如意的圖案，都被貼在大樓翠綠的外牆上。聽他們說建築的審美其實代表了國家實力的強弱，這棟極具東方概念的一〇一大樓，在此刻落成絕非偶然，她彷彿是一座新世紀的里程碑，像漢朝竇憲立在燕然山的刻石，代表國家以橫眉冷目傲視著異族。對此，在仰望一〇一大樓時，似乎又該有所欽嘆才是，我們何必老是緬懷搖曳在子夜風中的蒼茫舊國呢？

公元七五二年，大唐天寶十一載，楊國忠為右相，安祿山統精兵擊契丹、降突厥，唐朝國勢在此際達於顛峰。布衣詩人杜甫，是秋黃昏，在長安登上標高六十四公尺的大雁塔，信筆寫下嘆時憂國的詩篇：「秦山忽破碎，涇渭不可求，俯視但一氣，焉能辨皇州。」三年後，安祿山的漁陽鼙鼓便動地而來，驚碎了天子的霓裳羽衣曲和平民的昇平盛世之夢。於今我還不曾有機會登上一〇一俯視皇州紫氣，上一次從新光大樓之頂臨眺大千，稠密的都市的確使我感到生存競爭的可笑可哀。那時晴空無痕，落日的餘暉正涉過淡水河朝北城逼來，瞬息間似已占領所謂的繁華……。面對如此壯烈的風景，那時我的心幾乎是「肅然的緘默」了，卻又無端想起「登樓欲盡傷高眼，故國平蕪又夕陽」的句子，但想一問的是，秋風夕陽的故國，為何總是不堪臨眺？

博愛

小院青春撫歲華，飛鴻指爪枉天涯。干戈舉國勞心事，又付窗前幾載花？

明代的張潮在《幽夢影》裡說：「為月憂雲，為書憂蠹，為花憂風雨，為才子佳人憂命薄，真是菩薩心腸。」玩味張潮所言，實分不清他對這樣具有廣博同情心的淺人，是真誠的稱許還是刻意的挖苦。不過這段話總使我想起《紅樓夢》第三十九回的故事：劉姥姥在大觀園裡信口編出了一位茗玉小姐死後成精的鬼話，不想兒女情多的賈寶玉竟信以為真，竟要替這位苦命的小姐修廟燒香，因此累壞了跑腿的下人。有人以為賈寶玉實屬濫情而非博愛，他無端的施捨既不是出於對弱者的同情，也不是具有改善人類普遍困境的理想，結果只是滿足了自我憐香惜玉的閨中之癖而已。不過曹雪芹這麼寫，一方面點出了在污濁的塵世中，賈寶玉始終保持著淳厚天真的個性；另一方面也寫出了他無力與世周旋抗爭的人生局限，前者是他可敬可愛之處，後者則是他一生悲劇的一個原因。

要能超越濫情而臻於博愛，除了善良的本心，更需有愛人的冷靜智慧以及隨時犧牲自我的準備。因此濫情與博愛一則容易一則困難，一則渺小一則偉大；追求一個溫麗而豐富的人生需要少許的濫情，但若想為民族與社會有所貢獻則必須博愛。我們總把「博愛」放在自由與平等之後，然而人世間若沒有博愛，又豈有自由與平等？黃昏時步入位於臺北車站左近的逸仙公園（又名「國父史蹟紀念館」），無端想到了這些。

十二月，天候陰冷，草木蕭條，脫鞋進入當年國父來臺時下榻的旅舍「梅屋敷」，暮色緩緩調成了晚清的黃鬱，這棟日式的平房在高樓林立的臺北顯得渺小而素樸，而園外鼎沸的車聲則更襯托出小園的寂寞。透過木格舊窗，外邊的梅樹老枝橫斜，楊柳雖不減南國的翠綠，但草坪上前總統蔣經國先生手栽柏樹卻已高似屋脊了。幾年前我曾寫過一首舊詩：「小院青春撫歲華，飛鴻指爪枉天涯。干戈舉國勞心事，又付窗前幾載花？」吟詠的便是此地春景。昔年袁氏竊國，擅借鉅債，二次革命失敗後，國父由福建來臺轉赴日本，在此地留下了「博愛」與「同仁」的手跡，至今猶掛中堂。而屋外花開花謝，忽忽已歷九十載，傾耳兀自酣戰的選舉，各為其主的遊行，不免感嘆國事殷憂如昨，真不知夕照中的紅梅綠柳，要再歷經多少春冬，方才能見所謂之「大同」。

臺灣的政治人物缺少博愛的胸襟，卻總有濫情的言辭。也因此我們的政壇多得是澎湃的激情，而很難看見對弱者真正的關懷。而或許歷史終是強者的歷史，政治終是勝利者的政治。但做為一個平凡的百姓，歷史功業，也不過就是初冬公園裡蒼茫的背景而已；瀏覽譁然在泛黃書卷裡的口號，肅默也已成為所有英雄最後的語言了。而國父究竟有沒有履踐其博愛之志我已無從判斷，但他真是個失敗者。他的中華民國跌跌絆絆磕磕碰碰，如今在宣傳車的噪音中似已走到盡頭，「且看今日城中，竟是誰家天下？」未來的中學歷史課本，要如何詮釋「國父」這個不定詞呢？

夜色初降，碑亭中「匡復中華的起點，重建民國的基地」碑文隱約可辨，當年的波濤風雨、轍聲熱血，卻是被歲月磨蝕的蝌蚪文，沒有人能在朦朧的夜色中識讀。歷史的功過是小園中的花開花謝，博愛的精神，終將隨遍地落紅一同成泥成塵。步出院外，回首這爿憮然的風景，「五更鼓角聲悲壯，三峽星河影動搖」。眼前是滿街的華燈流來碎金，一支支為國為民的競選旗幟，正在北風中精神地獵獵作響。

舊事零星

整個下午是那株黃檀樹的獨奏會

世界每天以一種驚人的速度在滋長在改變，新產品、新觀念、新技術創造了新文化、新價值，生活像一部快速播放的科幻默片，澤竭樓起，山平路開，發光的文明正向銀河深處節節進逼。而為保持她隊伍一致地整齊，世界經常小聲催促，教我們微微加快步履或輕踩油門趕上那輕易衰老的流行。在疲憊的時候，我總是特別眷戀落在時代前進隊伍後的舊事舊物，這些舊事舊物像記憶永遠停格在某一個時空裡，以「不變」來印證存在的奧義，並以極謙卑的渺小來否定所謂「進步」這件事的存在。

在我工作的學校一角，六棵高大的黃檀木身後是清蔭的低廊小舍，風和日麗的天氣，陽光透過枝葉篩落下來，特有一份與世無爭的閒情；有時冬暮在此小佇，往來行人的大衣、前方不遠處的紅綠郵筒，都在夕陽中剪成毛邊印象。而這樹蔭還掩映著一爿合作社，十坪大小，舊式的鐵架、以國產居多的商品及洗衣精與衛生紙混合的氣味，整體氛圍彷彿是沉澱在都市底端的夢境，有著永遠不被攪擾的安詳。

我偶爾在此經過，有時幫妻子帶瓶醬油回家，朦朧的氣氛中總使我想起學生時代的合作社。

中小學時代的合作社都在地下室，鐵欄杆後是玻璃櫃檯，很凶的售貨阿姨背後是一排高高天窗，近年每當讀到鄭愁予的名詩：「或許，透一點長空的寂寥進來」，腦海中便浮現了那樣燦亮的窗戶與惱怒的售貨阿姨。小學合作社賣些什麼大都不復記憶，唯獨只賣一元的麥芽糖與蘿蔔乾例外。小塑膠袋內的白色麥芽糖灑滿花生粉，難融而黏牙，對正在換牙的低年級生是嚴峻的挑戰。又舔又咬，足以度過三、四個口水淋漓的下課時光。而鹹中帶辣的蘿蔔乾三、兩口就可以吃完，但可能要喝光整水壺的開水才足以解渴。中學時代的合作社最大的突破是開始販售現煮熱食，我喝下生平第一碗米苔目就在此地。只是那狹小陰暗的石室，喧譁擁擠的場面始終讓人有點厭懼，一群剃著平頭的男生或留著西瓜皮的女生，爭嚷著要一碗食物，然後站立在牆邊捧著綠色的壓克力碗，眼神呆滯或噓或唏地想趕在上課鐘響前喝完滾燙的湯汁。不知為何，這樣的場面總讓我感到絕望，深深覺得人之所以為人的尊嚴，都在這一連串的動作中被磨損殆盡。我們的教育，經常用這種暴力的方式奪取人在心裡對於自我的高視，領略自身如此卑瑣平凡，然後默默同意他人剝削踩躪，也許正是學校教育的目標之一吧！後來讀到魯迅的小說〈孔乙己〉，說孔乙己是「站著喝酒而穿長衫的唯一的一人」，國中時代站著喝湯的記憶讓我對孔乙己有了多一分的同情，也對魯迅捕捉人物處境的小說藝術有了更深的欽佩。

我的高中坐落在郊野之間，師生全體住宿，儼然是一軍隊。合作社在一座小土崗上，一排楓樹與人高的矮牆後，那棟木板搭的老屋就是我們每日的聖地了。簡陋的木桌矮椅頗有水滸風味，夏天的粉圓冰與冬天的炒麵大約是高中最美麗的記憶之一，遠勝在此邂逅校花之類的澎湃情懷。據說合作社的後面有一條通往校外的小徑，有人從此來去自如，那總讓上完體育課在此喝汽水的我，有了一些平白的悠然想望。

逝去的童年與感傷的青春，像坐落在校園一角的合作社那樣漸漸被新時代淘洗得近乎遺忘了。現代化的大賣場與精緻的超市，輕易滿足我們生活裡必要或不必要的欲望，商業社會總是如此，最擅長以供應來創造需求。但有時我會想起詩人所說：「整個下午是那株黃檀樹的獨奏會」，因此特地走到像一首老歌般那樣淳樸的合作社，買罐飲料坐在黃檀樹下聆聽一些零星的過往，也許再不多久，此地便是另一番風景了。在這裡，老樹乃以其獨特的風格技巧，將歲月化為風之和聲，並漸漸地將我心裡的留戀，演奏成一片淡墨畫成的微冷風景。

雨天美術館

小雨藏山客坐久，長江接天帆到遲。

北美館成立於一九八三年，是臺灣首座現代美術館。

從捷運站一帶行去，只見碧樹優雅，綠草如茵，遠遠望去美術館白色的方型建築物像一個個凝視的鏡頭，窺看著高架道路上匆忙來去的人車，春山秋水總無言語的悠悠。「十載生涯歸寂寞，百年歲月去崢嶸」，每每到此，逐漸浮在心底的便是淡到近乎透明的寂寞之感，尤其雨天，廣場上現代雕塑倒映在積水中的肅穆，或是中庭無人的座椅，走廊上空闊而黝暗的光線，都使色塊與線條無端沉鬱起來，所有的意象都使人感到莫名而巨大的清冷。也許「現代」一詞，在某種意義上來說是一種孤絕、荒謬與毀棄，因此無可避免地教人寂寞；但「現代」也同時意味著沉思、追尋與再生，因此北美館總使我覺得既如廢墟又是殿堂，它彷彿將疲倦的文明劈開一道裂口，誕生另一個使人茫然卻無端感動的世界。

第一次來到北美館約是小學六年級，如此推算起來，那時它落成也不過兩、三年而已。當時排隊整齊、禁止喧譁與飲食的隊伍，面對那些抽象的繪畫，絕不同於顏、柳的書法，以及無可名狀的雕塑，都感到異常的興奮而忍不住毛手毛腳竊竊私語。現在回想起來，也許所謂成長，就是「象」在心中逐漸凝定的過程，世界就是如此：橋歸橋、路歸路，紅色的是鮮血與愛，藍色的是海與眼睛，稜曰直、弧必彎，善當如此，惡當如彼。所謂抽象，反而有點接近初始的渾沌，也許不是七竅聰明後的成人所能進入的藝術境界了。青少年時期第二次來到北美館，為的是看那幅美國漫畫家勞瑞所繪的「李表哥」，猶記那時觀者如堵，那幅「中國人（在美國人眼中）的新形象」蠢醜（丑）到極點，印象所至，大概是我在北美館所見最莫名其妙的失敗作品。

學校畢業後偶與女友一同來到這裡，在寂靜的落地窗前討論畫中的意念或裝置藝術的不可理喻，有時一群穿著黃綠制服的學童排隊走過，像是夢境一般，我似乎看見自己。我總覺得每一件藝術品的背後都有難以發現的祕密，而人與人之間的相知與相親就是在面對同一幅作品時，解讀出相似的答案。婚後，我們仍然經常來到美術館，在那些神祕的符號與意象中穿梭，多數的時候是解讀著自己的內心。

昨天我們在滂沱的雨中又一次來到了北美館，中庭水漬倒映被切割成方塊的灰色天空，走廊的長椅上空闊，電扶梯為無人的下午運送一階一階潮濕的空氣。整座館藏被雨聲留給了寧靜，也留給了寂寞。那時我們的心靈總是被迫與更深的心靈對話，頻繁地思索著現代文明給予藝術的毀滅與創造。我漸漸發現藝術總是謙遜地提醒人類過多的自大，然而現代社會卻又很善於利用藝術來表現自我虛榮，這樣的時刻總使我眷戀起一些更樸實的年代：用泥灰與樹脂在初成的陶器表面繪上不精準的幾何線條，或是歸來的獵人信手在洞穴壁上以圖畫記下一天所獲。橫眉的現代藝術說理畢竟太盛，抒情性時若有缺，北美館的簡潔最可沉思，而空間與光影的組合則適於激辯，但在三月的雨天便不免窘蹙了起來。

「小雨藏山客坐久，長江接天帆到遲」，忽然記起羅智成所說：「山是次於星球的雕塑」，我在這座為冷雨藏住的大雕塑裡眺望塵世，無端懷念一扇遙遠的紙窗所透露出抒情的熒熒微光。

風箏

至於我們的風箏／被天空抓了去／就沒有一隻完整地回來過

在政治情懷冷淡的今日，以政治人物為名的街道、建築、學校等公共空間，在那一番夜雨及一陣東風之後，留下的是門掩殘紅的舊時餘韻，憑添了對佳人何在的歷史輕嘆；人間不朽的豐功偉業、成敗得失，早已很遠很淡了，甚至不若兒童的笑語初夏的蟬鳴那般來得真實。在臺北，這類大型公園有兩座，我喜歡國父紀念館，不喜歡中正紀念堂。

中正紀念堂莊嚴氣派，但過於整齊的規格卻也表現了一股難以親近的窒息感，還記得小學三年級國語中有一課〈瞻仰中正紀念堂〉，我就是在那課學會了「瞻」字，一種必須恭敬的仰視，就《論語》而言，是只有「望之儼然」的虛張聲勢，卻沒有「即之也溫」的真實可親。這是典型威權時代的產物：龐大、專制而白晳到近乎死板，一目了然卻又遙不可及，一如北韓給我的想象。

國父紀念館則不然，黃瓦飛簷並不讓人覺得特別高聳，反而與周遭的綠樹、道路及房舍慢慢地融為一體，成為鬧區裡一個靜謐的角落，慢慢地在城市中老去。因此我喜歡國父紀念館的黃昏，即使是在晚風中飄蕩的國旗，也讓人感到興廢滄桑的況味；我也喜愛它灰樸的石階、沁涼的石椅，在長年累月的步履中，在故老閒話的餘暉裡，被磨蝕、被風化、被記憶成近乎渾然的自在，成了反映世事繁華如煙的徹底寧靜。而我也喜愛那些飄在晴空中的風箏，色彩鮮豔的、形狀拙趣的，拖著長長的尾巴漫遊在童年的雲端。

魯迅的《野草》中有〈風箏〉一篇，說飄在北京冬季天空的幾隻風箏，彷彿讓他回到故鄉的春天，使他想起逝去的兒時回憶，以及無可把握的悲哀。

也許是風箏總滿足了孩童對遠方無限的嚮往和想飛的欲望，兒時回憶永遠是風箏最長最遠的聯繫。小學時經常與父親、二姊在星期六的下午，踩著三輛腳踏車來到國父紀念館的廣場上放起我們的風箏，從兩層樓高到樹頂高，慢慢飛向天際，釋出了一卷線又一卷線，漸漸超越了高處的競爭者而成為一個極小的黑點，這時或才滿足地將手中餘絲縛在鐵欄杆上，仰望澄明透藍的天際，雖然現已不復記憶，但我深信當時應是滿足而略帶幸福的。

隨著年齡的增長，人事漸非，伴隨童年的風箏誰也不知飄到哪裡去了。我們總是不能挑選最適意的人生境遇，在體會了悲歡散聚的浮光掠影後，便似可領略魯迅所謂「無可把握的悲哀」為何物。婚後也嘗與妻子一同漫步在國父紀念館的夕陽中，偶爾吃一球特別香韌的美國冰淇淋，也曾一時興起買了一隻風箏放飛。於今的廊簷下，多是青少年學習街舞的輕快旋律；而廣場上則多了溜直排輪孩童的喧譁稚語，青春的歡暢竊據了我本該深沉的回憶，望向天空，猛然發覺現在放風箏的人真是少了，飛在高空的那一隻兩隻，悠然卻也寂寞。

洛夫的詩是這樣說的：

至於我們的風箏
被天空抓了去
就沒有一隻完整地回來過
手中只剩下那根繩子
猶斷未斷

在歲月的天空裡，純真的理想隨風而去，剩下了與現實妥協的無奈。國父紀念館午後的廊簷薰風習習，在不經意間吹白了革命少年的鬢邊；也吹散了對弈老人海角舊國的一局殘夢。吳鉤看了，欄杆拍遍，初夏的蓊鬱裡，試問這樣的風，能否將落回地面、殘損的風箏，再送回纖塵不染的雲端？

夏日球場

我的悼祭者流落在外地
有的打鐵，有的賣藥

校園生涯特別能感受四季的嬗遞，初秋入學的期待，殘冬親切的重聚。校樹迴廊，鐘聲笑語，在一年一年的行事曆中迎新送舊，長成了棟梁，也催老了青春。其中讓我感受最強烈的莫過夏之來臨。當別離的日子化為歌聲遠去，當晴空是一種澄澈的藍，遠處積雲如炎日泛起的毛邊，充滿熱力的漫漫長假就要開始了。山巔水涯，到處都是金色的年輕活力，所有的生命彷彿將趕在楓槭霜紅前完成一些什麼；或為勢必殘朽的嚴冬，留下曾經鬱綠、曾經怒放的見證。

在我心中，最適合見證夏天的非棒球莫屬。

內野的紅土乾燥而粗糙像一首沙啞的詩，外野的綠草綿綿，正適合放牧一段英雄的夢想。在天色尚明的晚風中，白雲疏卷，水銀燈一盞一盞亮起，主審拉下面罩，高喊「Play Ball」，熱浪、吶喊與無以名之的感動澎湃而來，那些尾勁刁鑽的球路，飛向天際優雅的弧線……。夏日的棒球是青春、是冒險，是揮中球心的瞬間，震撼虎口的一陣酥麻。那種在烈日下追馳過的感動，絕不是坐在冷氣房裡啜飲冰啤酒看王建民以伸卡球鬥紅襪隊所能比擬的。

最初的感動是家家戶戶守夜看三級棒球的七、八〇年代，那是融合了國族情感的青澀歲月，許多少年成名的英雄，如今卻沒有繼續馳騁在球場上，經常讓我猶疑是否那些響噹噹的名字只是一場深夜的夢而已。後來的成棒世界更是迷人，合庫對臺電，虎風戰味全，守著中廣與《中央日報》的體育版，少年的我不知不覺中翻過了臺灣棒球的一頁又一頁。隨著國際比賽增加，電視轉播也熱鬧了起來；林琨瑋飄忽的下鉤球與涂鴻欽霸道凌厲的球路竟連挫紅色閃電古巴隊，那時同學間一時都興起練投潛水艇式的投球法，但大多閃了腰或拉傷了手臂。彼時欠缺專業的球評，連現場播報的記者都未必是懂棒球，那真只能是看個熱鬧而已。觀眾對各種球路一知半解，也幾乎沒什麼戰術概念，這種情況要到職棒誕生後才漸獲改善。

高中時第一次現場看球，味全龍對三商虎，在南京敦北路口的臺北市立棒球場。帶著莫名的口渴與興奮，「在天色尚明的晚風中，白雲疏卷，水銀燈一盞一盞亮起，主審拉下面罩，高喊『Play Ball』，熱浪、吶喊與無以名之的感動澎湃而來。」看著還不是很習慣當明星的球員跑進場中，靦靦地揮手，當時是校刊主編的我決定回家後要寫一篇棒球的青春之歌，不想一拖就是這麼多年，歲月過去了，龍虎豪傑星散，少年壯志飄零，漸漸懂了楊牧的詩句：

我的悼祭者流落在外地
有的打鐵，有的賣藥

是怎樣的一種況味。五年前，連臺北市立棒球場也難逃拆除的命運，那時冷冷秋風彷彿訴說夏天已經結束，夢想封殺，三人出局。

如今這裡建成了不能進行棒球賽的「巨蛋」體育館，據說館內可容納一萬五千席，是臺灣少見的大型場館。爽朗的現代風格增添了臺北的時尚感，多功能的用途也將滿足娛樂消費的都市性格，但我總是還惦記著棒球的歲月，徘徊在即將竣工的建築物外，喧囂的夏午老樹濃綠，悠然卻也十分寂寞。還記得第一次在此看球，最不能適應的是在每一次精采的打擊或守備後，不能以慢動作重看一次；繞行南京與敦北，多年的記憶，黃平洋、史東、康明杉以及羅世幸、林仲秋等，他們在此叱吒風雲的英姿正以慢動作一幕一幕在我的腦海中重播，然而那些年少的夢境，卻又像夏日城市的氣息一般，漸漸淡成一幅遙遠而透明的薄薄黃昏了。

打點1000分

古來存老馬，不必取長途。

二〇一〇年七月二十二日，在高雄澄清湖棒球場二千八百八十七名觀眾的見證下，興農牛隊的張泰山在三局上半揮出了中外野方向的一壘安打，當時在二壘上的隊友張建銘快速衝回本壘得到一分，這是張泰山的第一千分打點，也就是他幫助了一千名隊友（也包括全壘打時的自己）跑回本壘得分，據職棒聯盟統計，這個紀錄是經歷了一千三百六十一場比賽，總共五千零六十七個打擊機會所達成的，距離張泰山選手第一次穿上職業棒球的球衣上場揮棒，已經歷經了十五個年頭了。

有人說棒球是個人英雄主義的運動，全場讓對手碰不到球的閃電投手，最後打出「再見全壘打」的超級大炮，就是名留青史的英雄。而一個游擊手接傳了幾個滾地球，一個外野手接殺了幾個高飛球，雖然也是比賽的一部分，也有統計紀錄，但卻很少被人注意，寫進報導中。但「打點」卻不一樣，「打點」雖是一項個人紀錄，但是也是一個團隊合作的結果。如果壘上沒有跑者，那麼即使打擊者揮出安打，也沒有打點；反之，如果三壘上有人，一個高飛犧牲打或觸擊短打，都可能賺進打點。在棒球世界中，評論一個球員的能力與貢獻時，「打點」和打擊率、安打數這些個人指標往往同樣重要——只要我上場，就可以掩護隊友回家。這是讓人安心的「打點王」最可愛的地方。

張泰山這個紀錄近幾十年應該無人可以超越。我還記得十五年前他剛剛來到中華職棒時才十九歲，當時在「味全龍隊」，他從青棒直接打到職棒，沒有成棒國手的資歷，因此名氣並不大。不過他第一年打職棒，就令人眼前一亮。臺灣的球員受日本影響，喜歡鬥智不鬥力，所以很少一上場就揮大棒的，喜歡等到「兩好三壞」再說，因此投手也抓這些心態，第一球都是「搶好球數」的。不過十九歲的新人張泰山，偏偏就愛對準第一球猛揮，球來就打，不必等待也毋需閃躲，那種美式球風的豪邁性格，真痛快。

那時我也不過是個二十出頭的大學生，和室友鬈毛對著收訊很不好的小彩電，為泰山大棒打飛那些專走邊邊角角的變化球而大聲喝采。歲月如流，十五年來職棒分分合合，味全龍隊早已走入歷史，只剩當年的泰山如今仍忍著傷痛繼續創造個人的與中華職棒的歷史，報載他因背痛而無法猛揮大棒，只能靠著巧力把球推到沒人防守的管區，所謂「古來存老馬，不必取長途」，現在的我，也慢慢懂得欣賞「以智取不以力敵」的藝術了。

職業運動必須有其歷史紀錄，也才能誕生其文化內涵。一項用時間與汗水寫成的紀錄，就像一件每日摩挲的藝術品，其渾然精緻的形貌不只讓人們對創造者的恆心與毅力肅然起敬，同時也逼使讀者一同回憶那個初始的瞬間以及漫漫的來路；於是我們便對這個數字產生了一種情感，在張泰山十五年來上萬次的球棒揮動中，我同樣行過多少路，寫下多少字，醒過多少不願醒來的夢。因此透過這個艱偉的紀錄，彷彿可以看見人生是多麼熱烈而豐富——每個人都創造了他個人的歷史，逐步完成了他現在的這個「我」；但轉念一想，張泰山不可能再打十五年，不可能再揮出一千分打點，故也由此而驚覺了生命是多麼渺小，再多的豐碑，生命仍然只是恆河中的一粒細砂，而不是恆河本身。

在張泰山寫下歷史紀錄的同時，我想我也應該也完成了一些東西吧？我很想回到十五年前的那個我，那個空有夢想但不知所往的年輕人，世界對他來說有著一種難以言喻的感傷與浪漫；現下的我非常嚮往，也非常嫉妒能擁有這種情懷。如今，張泰山要提著球棒繼續上場，繼續讓紀錄往前走，我想我也是的——摸摸胸口，心還在跳。心還在跳，雖然有點空洞，但還跳躍，那就好……。

電話亭

還記得那紅色的電話亭在黃燈下
像神龕可以容納一片禱告一片恩寵

由於行動電話的普及，據說全世界先進城市的電話亭都在急遽地消失中，這固然令許多好古成癡或特別懷舊的人士如我感到些許惆悵，不過時代的進步就是如此，科技將便捷帶給了群體，亦將傷逝留給了個人，「春風取花去，酬我以清陰」不啻是傳統文化的靜美觀照，其實也是現代都會的小小溫柔。

然而至少在我們這一代，對公用電話多多少少都有一些個人的記憶，如果辦一個「我的公用電話故事」徵文，肯定會出現許多感人的好文章。小學保健室旁的公用電話總有一把眼淚一把鼻涕的健忘者，聯絡簿、三角板與水彩用具可能穩居前三名；大學宿舍中長長的人龍、軍營中無限的牽掛與寂寞，都是「一種相思，兩處閒愁」的寫照；而醫院裡大喜大慟的消息、機場或車站的焦急與錯過，那又是多少哀樂人生的點滴交織。從前還有人專門收集電話卡，我猜這類藏家目前可能也隨公用電話的萎縮而漸漸減少；至於那個在鬼月晚上十二點，至電話亭中不投錢連撥七個7便會打到鬼屋的傳說，也可能僅在我們這一代童年的夏夜裡流傳過。

從前在宿舍中，最恨無視於後面一列焦急的排隊者，仍然抱著話筒情話綿綿的傢伙，這是資源不足的條件下所考驗出來的人性；不過現在行動電話人手一支，依然可見在車廂中大聲聊天，或是堅持在戲院與課堂上不關機的人士。可見修養不能提升，科技的進步或資源的充裕依舊不能解決人與人之間的根本衝突。

始終覺得城市裡的電話亭充滿詩意，透明的小空間裡滿是玲瓏的心情。國父紀念館中，還保留了一排紅木櫺格的小話亭，真有一番六〇年代的風味；而目前街角所見，有點中式造型小話亭也相當可愛，只是掩飾不了站立街頭，風吹雨打加上人為破壞的滄桑。公共電話的使用者以美國電影中的「超人」最滑稽，竄進話亭中變出一身紅藍相間的緊身衣及大披風，那種帥氣……，只能說美國人的幽默感有時讓人不敢領教。

而目前臺北街頭的公用電話，好像以外籍勞工使用居多，在迷離的夜色裡，一片霓虹世界中，那孤單的身影握著話筒，急切地說著陌生的語言，有時歡笑有時哭泣，那是大都會裡使人心酸的人間風景。

還是老詩人方旗的散文詩〈構成〉中將電話亭詮釋得最美，癡情而羞怯的少年寄贈了鋼琴音樂會的門票，夢中情人卻沒有依約出現，「看著身側的空位忽然極不甘心／散場後就近取起電話筒卻遲遲不能投下銀幣／還記得那紅色的電話亭在黃燈下／像神龕可以容納一片禱告一片恩寵」。在大哥大各種以歌為鈴、此起彼落的年代，不知用周杰倫新歌當來電鈴聲的少年少女還談不談這類荒涼而婉約的戀愛，戀舊如我，總是憂心電話亭的日益稀少，哪裡還可以容納失意戀人們的一片禱告一片恩寵呢？

買菜

喝完了這杯，再進點兒小菜。

買菜說不上是什麼風雅，不過就像汪曾祺說的：「提一菜筐，逛逛菜市，比空著手溜彎兒『好白相』。」我到現在還記得，還沒有上小學前就常跟著母親上菜市，說是買菜，不過大人的活動當然不只在買菜這事的範圍內，先在路口喝一碗米粉湯，然後沿路與老街坊話話家常，這裡買一把青江菜，那裡買半斤裡脊肉，買完豆腐豆芽當然會要一瓶豆漿解解渴，再逛逛賣拖鞋短褲的小攤，挑著擔子賣水果的老人，整個行程大約就到了尾聲。偶爾母親會要我拿著剛買的菜去「公秤」那磅一下，看看斤兩足否，不過整個過程除了吃，對一個小孩來說是頗無聊的，當時尤其害怕買魚時魚販拔鱗斬頭剜臟的腥紅場面，以及雞販子那裡悶烘烘的騷臭。

婚後最大的轉變就是得常上市場，我們這一代縱然成家，過的也是「村上春樹式的美國生活」，因此除了難以配合傳統市場的營業時間，也缺少與小販論斤計兩或要蔥拿薑的才情，那是我外婆到母親那一代的生活樂子，與其說是代溝，倒不如說是時代的緣分。我與妻子最常逛的是「超市」，我總覺得用「super」來形容「market」是典型美國式的誇張，不過在晴朗的假日，穿著棉T恤牛仔褲，推著大推車買冰啤酒與礦泉水，或是逛逛冷凍食品區買條培根什麼的，也滿有「幸福的兩人世界」那種喜悅。

妻子善於計畫，所以買菜頗為井然有序：從青果區開始，然後蔬菜、蕈菇，接著買魚買肉，再買一些現成食品如水餃、雲吞之類，最後是需要冷藏的優格牛奶，大致依照超市的動線前進，偶爾插入寫在便條紙上的生活用品，按部就班地完成購物。這樣我們的生活便有了一盤鮮蝦蘆筍義大利麵佐南瓜濃湯，或是凱撒沙拉和香煎紐約客牛排配麒麟啤酒，這樣便有一天復一天的時光感，所謂人生，便成了一首在腰果雞丁與山藥排骨湯裡慢慢老去的情詩，十分甜蜜也相當憂鬱。

傳統市場總有其永恆的熱情與凌亂，像一部拉丁美洲的魔幻寫實小說，以各種刺鼻的異味炫眼的色彩誘使你落入一座瘧熱叢林，不知不覺便買了過多的芭樂與吃不完的麵條；那些帶土的青菜，扭動的魚，窩在低矮籠子裡等死的花毛雞，鼓著腮瞪人的大牛蛙，暗示了「吃」是一件多麼原始而帶著一些暴虐的事，是一件多麼冒險又快樂的活動。傳統市場是城市裡未將「弱肉強食」當作一個譬喻的地方，活生生地每天上演真正的叢林法則，如果你立志當一個好修身的君子而不是善解牛的庖丁，那麼真的很難享受市場中嘉年華般的放肆與樂趣。

而超級市場則是現代迷宮的縮影，世界文化冰凍在華麗廢墟的櫥櫃裡，等待你攜帶它們逃出物質化的冷酷異境。於是每個週末，我便要刷卡買回一堆生冷的食材，在家中翻出祖母珍藏的紅泥小火爐，砥亮外婆殺生無數的金門鋼刀，繫上妻子家政課縫製的圍裙，擺好各大百貨公司週年慶時贈送的瓷碗木筷，在治一亂邦興一滅國的時間裡，哼著小調（喝完了這杯，再進點兒小菜……），按部就班完成一個現代人卑微卻深刻的生活享樂。

緘默者

有個孩子往前走，日復一日
他看見什麼，他就變成什麼

吳興街二二〇巷的舊軍營遷走了，拆除了灰色的圍牆，也拆除了童年對高牆內的好奇與恐懼，晚點名的軍歌在稍息後徹底解散，只剩一尊銅鑄的蔣公，兀自眺望親愛精誠與五大信念。春深夏初，空蕩蕩的軍營留下了標語和雜草；五月已至，無論燕子在誰家的梁上做巢，都不能解釋一座城市為何在夕陽裡剎那荒蕪。

太安靜了，此地。

沿著一條淺淺的黃泥路，走過在一夜間蔓越膝蓋的大片草場，一邊輕輕背誦著惠特曼：

有個孩子往前走，日復一日，
他看見什麼，他就變成什麼，
早綻的紫丁香變成這小孩的一部分，
草葉和紅白的牽牛花，緋紅的苜蓿，雲雀的鳴囀，
長得極優美的水生植物，
一切皆變成他的一部分。

噢，那就將我變成一株帶穗的青蕪吧！在五月的風裡搖蕩，諦聽遠方，隱約的歌，無言的海，或是一個亡靈的儀隊，一直走到他的故鄉，每一個故事的開始處。不然我就變成五月，輕輕地躺在臺北的胸膛，溫柔地開一些夏日的花，縱使從來沒有人注意，不然便是給那些深入地殼的鋼樁一些蝕痕，給那些聳入雲霄的樓一些雨水，給情人一個週末，給路的盡頭那輛鏽了的腳踏車一個遠方。太安靜了，車輛往來，卻不驚動即將離去的春天，家家戶戶的電視開著，卻不理會五月已經駐足在門口許久了，因此他變成了殘忍的孩子，隨意撕毀四月的晴空，揉亂三月的花季。

但我必須先坐在矮矮的水泥墩上，關於臺北的五月，讓我先用鉛筆淺淺地為他打上草稿，只有那些筆觸可以觸摸，五月。那些離去的軍人一定帶走了些什麼，不

然為何如此安靜？從前，這裡的口號擦得像槍枝一樣響亮，出入的軍用卡車，載滿隆隆的戰爭和國家信仰，鐵絲網上偶爾可以聽見牽牛花藤莖嘮叨的思念，甚至於一個年輕逃兵的哭喊。噢，他的墓草也該像這片接管軍營的野草一樣自由地在風裡怒生罷！只是這是即將繁華前的五月，臺北最後的荒原。因此我的紙上只畫了一支綠色的路標，二二〇巷通往神祕而遙遠的過去，也通向瞬間繁華的明天。

讓我起身，繼續往那片草深處行去吧！讓我變成裸身運球上籃的黃昏剪影，讓我變成疲憊空洞的龐大營房，也許這樣就可以理解風，理解燕子，理解臺北為何此刻在我心中深深地荒蕪。我不必說話，四月是遠去的民謠，即使仍然傳唱在賣藝人的絃上，都已是風的埋藏。

而五月，五月是一個緘默者，他帶走了所有的聲音。

初愛

南風之薰兮，可以解吾民之慍。

——舜〈南風歌〉

秋夜漸涼，上課講的是仍十分燠熱的〈南風歌〉，一陣舒爽透了的涼風是遠古時代，上天給與在大地上勞動之蒸民最好的安慰。英國詩人柯立芝（亦譯：柯爾律治或柯勒律治，Samuel Taylor Coleridge）亦有詩云：

好風吹遍，綠柳青蕪，溟濛水域，吹過收穫女神
金色的田野，燥熱的農夫忽覺
風起，揚眉舉目，放下閃動的鐮刀

詩的意象真是動人，不過柯立芝並不如大舜之關懷百姓民生，他藉此詠歌的是「愛情的初次降臨」：

多美啊，愛情初次向心靈閃現
像淡雲夕照裡最先露臉的星星……

柯立芝在〈愛情的初次來臨〉一詩裡這麼說。

初次來臨的愛情是無可比擬的慌張，是日後回想起來生命裡真正有意義的嚴肅。記得還是遺忘，甜的痛苦還是苦的甜蜜，當愛情初次在內心閃現，似上帝給予了處罰，亦施授憐憫，渺小的人此刻偉大，那些平凡無聊的日子，竟也有了些不一樣的輝光。

讀著楊德豫的譯本時，想起了中學時期，那兩性與國家一起戒嚴的年代；長髮與愛情，就像組黨、辦報、集會遊行一樣可怕，統列為國家的禁忌。男女生最好不要合校，合校也不能合班，ㄇ字形的大樓，男女被隔在兩側，相連的一橫是校長、主任及老師的辦公室。一到下課，雙方倚在走廊的水泥欄杆上，假裝看著操場的人打球，實則彼此眺望，或是想像對岸某種幽約的風景。不知是什麼奇怪的心理，如果有中學男女在校外一起遊蕩，還會有熱心人士記下他們的姓名，以正義之名寄去所屬學校告發他們。

也有那樣幾個鋒頭健朗的女孩，不知怎麼姓名就在男生班流來傳去。她們裙子多半是改過的，比那些好班的女生短而俏麗；頭髮也是改過的，比國家標準長而有形。有時在公車站遇到了她們，便感到今天的運氣有些特別，發生了一件值得一說的好事，雖然相遇時總是默默低頭走過，並不敢正視她們無畏的大眼睛。

好像挑戰著某種看不見的東西，這類女子的存在使空氣中有著騷動與不安，那樣自由美麗，煙視升學主義和黨國體制所繁殖出來的制度及價值；她們提醒被國家機器釘在冷板凳上的我們：不必理會那些虛偽無聊的大人，青春不該只是這個爛模樣。

已不記得是否暗戀過其中一、兩個名字，當時的確非常嚮往她們的生命情懷。流年似水，這些女子現在不知還是否如當年那樣自信美麗，還是已平庸得像一張掛在捷運站的化妝品海報了？而我乏味的中年讀著柯立芝的詩，便不覺想到，難道美麗自由的她們，不正是我淡雲夕照的年輕時刻，最先露臉的星星嗎？

人日

雙鬢隔香紅，玉釵頭上風。

午後的臺北開始陰霾，寒風細雨淹沒了早上的陽光，一杯熱茶的沉思，轉眼黃昏，雨之為物，可令晝短，可使夜長。我教孩子在紙片上畫了些彩色的小人，參差地剪下來，掛在髮上、貼在窗邊，重拾這早已被人遺忘的日子；西洋情人節不久即至，商店的櫥窗、簡訊與型錄，早已將此節日紅紅綠綠包裝妥當，等人拆開鍍金絲帶而已。但今天我偏憶起如古畫裡淺色衣裙的女子：「雙鬢隔香紅，玉釵頭上風。」在人日時節，髮上既簪紅花又掛人勝的古典女子，卻也感到一份情人不歸的獨有冷落。

正月初七，古稱人日。南朝梁．宗懍《荊楚歲時記．正月》記載：「舊以正月七日為人，故名人日，翦綵鏤金箔為人，皆符人日之意。」按照日子來說，初一到初八，分別是：雞、犬、羊、豬、牛、馬、人、穀之日，如果當天風日晴朗，則該物一年平安豐暢，無病無災。因此剪裁人形紙片為「人勝」，祝禱遠遊的人平安早歸，是「人日」多情的祈福活動。歲次辛卯，臺北初七的上午多雲時晴，預報為十九至二十度，降雨機率百分之二十。是的，這麼好的一天，是否預示著今年一整年，都是那麼恬和優美、明淨淡泊呢？

年節已過，世界開始忙碌地旋轉起來，鄰人施工的打牆鑽地、貨車進出裝卸，鬆散的日子在春陽爛漫中重新堅實。而我猶恍惚於假期的搖盪，無法凝神撰寫一篇三週後要參與學術研討的文稿，女兒將唱盤上舒伯特D958的淒淒演奏換成了活潑兒歌，妻子進出收拾家居整理衣裳，我不知該坐向何方，不知該懷有什麼樣的意念來度過今日？

這樣的日子該有所思懷，故鄉遊子，海角天涯。可是我確知朋友們都安好，家人們都無恙，他們幼稚的孩子慢慢地學習生長，事業逐漸累積有成，誰又翻過了一頁智慧的書，誰又完成了一筆圓滿的交易，誰又輕易遺忘或者想起我。遠方縱有動亂戰火，世界縱有水災雨荒，但那已因遙遠而失去了現實的意義。一如校園裡的梅花逐漸飄零，但是山櫻已茂密盛開；南雁將要北回，無論牠在那一片雪泥上留下爪印，人間總是起落有序，如歌如吟。我已毋需計較世界的安排有何深意，只須在當下領取那流淌的時光，那無聊與無謂，那紛紛開謝卻無從捕捉的虛幻之花。

這樣的日子又該有所回憶，「一臥東山三十春，豈知書劍老風塵」。時間的刻度是這麼費力地往前挪移，等祂走完，才發覺其實是輕忽的。千禧年才如昨日，轉瞬已邁過了十個年頭；那大年初一的清晨在滿地鞭炮紙屑裡找尋一、兩枚未爆紙炮的童年，何時已經是孩子現在的模樣？身邊的一切並未改變，但心已不再如昨，老於風塵的，不只是攻書學劍的少年理想，同時也包括了對生活的所有期許。中年彷彿是一遍遍重複昨天的作息，也寫好了明朝的一切，當命運一再迎向年年黃道面上的同一定點，當可讚美之事與該詛咒之事永遠等量，一日心情總和終究歸零，生活還能為什麼感到驚奇呢？還能為什麼感到失落呢？在人日此刻，那心情驛動的年歲與隨時都有那麼多可能的日子，的確讓人有所懷念了。

細雨重新為城市的暮色披上輕紗，我多想留住早晨的那種明朗。孩子剪畫的人勝在玻璃窗上手牽著手，像要去遠足的歡欣，又像從一個幸福的夢境中走向我，走向我掛了梵谷複製畫的客廳、瓷磚繪了風車的廚房、有一個樺樹櫃子的家，還有那帶著隱約情懷的每一個日常的每一次踟躕。這早已為人所遺忘的節日終於沉入了華燈之夜，一如那些不凡的過去，那些總是通俗的願望：平安、健康、財富或愛情……。但這寂寞的一天能承擔多少屬「人」的期許呢？

我在書房小聲地用電腦重新播放舒伯特的D958-960，不過孩子在外面歡樂地唱遊，〈啊！牧場上綠油油〉輕快的歌聲很快地壓過了悲戚的鋼琴：「山上的白雪，融解成流水，流下了山坡，流到了山谷，奔流到原野，灌溉了田園。流水真愉快，歌聲不停……」此刻我真想躺進那快樂的流水裡，無論來自哪裡或要流去何方，分我以涓滴那樣真純的快樂，竟已足夠灌溉我荒蕪的人日，苦澀的心。

校園／文學的辯證

往日崎嶇還記否？

臺灣這幾年大學滋漫，蔚然成林。山巔水涯，窮鄉僻壤，忽然就冒出幾棟剛竣工的樓房，招牌一掛原來還是某某大學。仔細算算，圖書館裡扣除過期雜誌與早該丟進歷史焚化爐的電腦書，真正能幫學生進德修業的著作沒有幾本；攔住那些騎著機車的金髮學生，會用英文講「現在幾點」的大概也沒幾位。臺灣人的優缺點都在這裡：總把一切想得太過簡單，也能在這種簡單中真心享有，自得其樂。

真正的大學，除了恬靜的校園、豐富的學術資源，我以為還要有歷史傳統，有一點屬於這個學校的獨特氣質，更重要地，要有一些人物風流，一些傳說與故事。因此，每個偉大的大學，都應當有一部傑出文學作品以她為背景，讓校友追想，讓外人藉著文學理解這個學校，想像其氛圍，並對她懷有一份莫名的嚮往與惆悵。可惜這樣的校園／文學並不多見，痞子蔡風靡一時的網路小說《第一次親密接觸》中我只知道成大有個麥當勞，其餘一無可取。相對而言蔡素芬的《橄欖樹》就讓人對淡江大學有了更多的憧憬；而我也想過，師大分部哪一間教室才是小野當年滿懷理想寫《試管蜘蛛》實驗室的藍本？

臺灣校園最得天獨厚的莫過於臺大，除開豐富的資源不講，臺大是一所真正像大學的大學，她有一條具體而永恆的象徵大道、幾棟不甚便利卻能代表歷史與榮光的舊建築，椰子樹的長影，傅園的舊鐘，池畔的鵝，也許都感動過臺靜農或殷迪過林文月與齊邦媛。因此臺大也有令人仰望的大師，自我養成了一種自負而略帶功利主義的氣質。她亦以其深厚的影響力不斷向周邊擴張，書局、食堂、影印鋪、冰店與茶館，挺擠在半舊的小巷子裡，讓你還沒來到臺大，就已經感受到一所「臺灣」的大學所獨具的凌亂、廉價和年輕浮躁。新生南路、羅斯福路、辛亥路、長興街、基隆路……喧鬧的與寂寥的，都散發一股學生味，那非關書香或汗臭，而是一種庶民而短暫存在的生活方式，帶著即興與幻滅的色彩。因此白天龍行虎步的臺大與夜晚迷離幽闃的臺大，都是臺北市最不能忽略的風景。

近來，我有時喜歡推著嬰兒車在臺大舟山路一帶閒逛，寸土寸金的臺北市，這裡卻有成片的綠草，幾棵小樹，養著魚鵝烏龜的池塘，花圃菜園，像是大觀園裡的稻香村，走走談談，很容易便打發了晴朗的午後時光。便宜的咖啡，樹下的木頭桌椅，讓人遙想當學生時的愜意與清純；圖書館的窗景，遠方塔樓的燈，都是古典而深邃的學院風。

走在這豔夏的校園，總莫名想起白先勇在民國五十一年發表的小說〈那晚的月光〉，屈指算來，小說中的主角李飛雲現在已經六十來歲，或許已是建中退休的物理老師了，那年他在簡竄的學生宿舍迎來的長子，現在也已四十好幾，想必早已幫父親一圓未臻的美國留學夢，現在也許正利用暑假回國，在臺大某某中心作一場奈米科技或半導體研究的講演吧。而李飛雲與余燕翼這對老夫老妻，仍是依偎在當年文學院前的草坪上：

一流泥土的濃香在他周圍浮動起來……六月的草絲豐盛而韌軟，有股柔滑的感覺。不知怎的，李飛雲一摸到校園裡這些濃密的朝鮮草就不禁想起余燕翼頸背上的絨毛來……。

無可悲哀——談落榜

土地被侮辱，卻報以繁花

我在師大教的學生成績應該都不錯，大多數沒有落榜過，聽我說起當年考高中時距離最後一志願尚有一段不小的分數差距時，大家都說不可思議。

我念的國中在臺北市來說算是不錯的，但當時北市只有八所公立高中，錄取率很低。有一部電影《國四英雄傳》就是描寫高中落榜生墮入補習地獄的可怕情狀，老師以變態的方式凌虐學生，摧毀重考生的人格與價值，想想人性實在滿可怕的。其實自有科舉以來，名落孫山就是讀書人的夢魘，「萬般皆下品」的文化中，落榜代表了被「刷掉」、被「淘汰」，被徹底的否定，代表了你是一個失敗者，人生的富貴功名從此遠去。現代人對落榜的恐懼，大概也有一部分來自歷史的澱積吧。

整個國中三年，我都奉行教育部的指示，不參加補習，不買參考書，只是讀課本而已，課本上的習題大都滾瓜爛熟，只是英文文法與數學不是頂好。從考場出來，家人問我考得如何，我回答說考得不錯，沒想到成績一出來，竟然差了「泰山高中」沒有一百也有八十分。沒有落榜過的人絕難想像那時的震撼，先是一陣驚愕，然後是惶惑地不知自己該何去何從。當時我的大姊在念臺大，二姊在讀北一女，我這「不肖的么兒」可算是大大辱沒家風了，那一陣子，家裡的人都很怕別人問起我的考試問題。

確知落榜後心裡莫名產生了一種很悠長的感覺，那個長夏，好像突然洞明了世事，突然要慎重地思考一下人生與未來這類本來遙不可及的問題。很多人失戀以後會變成哲學家，落榜這種深深的挫敗感，真的讓我幼稚的心成長了一些，而且摔跤一次，就知道其實這種事也沒那麼可怕，對於人生好像更多了一些面對和嘗試的勇氣，「再無所懼」是上天給落榜生意外的禮物。

考不上學校，意味著政府透過最公平的篩選，確定了自己程度不行，不是念書的料。不過我對念書還有一點興趣，家人也幫著我堅定信念，整個夏天東求西考，最後還是摸上了一所私立中學，於是上天給了我第二份禮物，那就是懂得珍惜。在一無所有的時候，才知「擁有」是多幸福的一件事，所以我也在那私校好好地讀了三年，中間雖然差一點留級，但也勉勉強強畢業了，直到現在，我還是對那所願意收留我的中學心懷感激，雖然他們那廚子做的菜是全世界最糟糕的。現在只要想到自己曾處於那走投無路的青少年歲月，便會對既有的一切滿足了起來。

「土地被侮辱，卻報以繁花。」

我萬萬沒想到，當年教育體系拒絕了我，如今我卻成為了教育體系中的一員，命運有時是很奇妙的。我慢慢明白，每一件事情的意義都是「心」去加諸其上的，將一件事看成是侮辱，那便會真的成為嚴厲的侮辱；倘將之視為養分，也許它便會真的成為養分。人生最公平的事，乃是無論身處何境，他都是一種活著，都只是一種活著；上榜是經驗一種存在，落榜也是經驗一種存在，兩者在經驗生命的意義上並無高低不同。而我體驗過落榜，也體驗過上榜，雖不敢說這就是「多采多姿的人生」，但總算有了一些對比，明白了些別人不一定明白的況味，痛苦如潮水終會退遠，那永恆的潮聲在記憶裡總會化為長長的詩意。

現在的高中、大學錄取率高，落榜的人似乎少了，雖然希望所有的人都能心想事成，不過我相信還是有人為落榜這種事而深深痛苦著。反過來想，考試不過就是為了念書，而真有讀書的念頭，其實在哪裡念都是一樣的——千江有水千江月，倘若我們是一滴嚮往清月的水滴，又何必因為沒有流到巨河廣泊而感到悲哀呢？

不信青春喚不回

流浪二十年我回來了
挺起胸來走在大街上
我高興地與每一個公民分取陽光想和他們握手

傍晚，等著過馬路時，一輛黃漆大車隆隆駛過，定神一看，原來是某私立高中的校車。八月了，一些私中的暑假課程也開始了。暑假還要上課，那心情應該是很低落的，不過透過車窗，裡面的青年好像很昂揚的樣子，年輕人無論做什麼總讓人覺得充滿活力與希望——當然，這是我近來的個人偏見，我相信我念高中時一點都沒這樣想過。

大黃車駛遠，我也開始懷念起高中的旅程了。

我高中三年在北縣的三峽度過，那時我們是一所全體住校的私中，星期六中午回家，星期天晚上收假回校，都是搭校車。我們的學校沒有自己的交通車，不知是向哪個租賃公司弄了數十輛又舊又破的老爺車，一路上搖搖晃晃，像一個快要炸裂的沙丁魚罐頭。

我的母校以管理嚴格著稱，十五、六歲的青少年在那種不斷考試及生活規律十分要求的環境裡，其實是相當痛苦的。雖然也有苦中作樂的一面，但期待回家甚至只是離開這個環境的那種渴望，大概是每天通勤的正常高中生所無法體會的。因此星期六的校車滿載歡樂與期待，積壓了六天的沉悶就要得到釋放；在車上，飛逝的是小鎮與鄉野風光，大家相約等一下要去哪裡吃冰、買東西、看電影、作制服，好像要把失落的快樂一次找回來，「不信青春喚不回」，初讀此詩，想起的便是高中時代星期六中午的校車。回到臺北，學校體貼地安排我們在西門町下車，放眼望去，人潮車潮，真有花花世界之感，辛笛在〈流浪人語〉一詩中說的最好：

流浪二十年我回來了
挺起胸來走在大街上
我高興地與每一個公民分取陽光想和他們握手

一下校車，就是這種感覺。

不過週末永遠是那麼短暫，我永遠記得，星期天中午一吃完午餐，就懷著鉛塊一樣的心情看一個《來電五十》的電視交友節目。空虛的下午無聊地翻著星期一要週考的科目，黃昏就漸漸來臨了，心中有種鬱悶，很想抱住誰大哭一場，拒絕再回到那個住校的環境中。到了傍晚，匆匆洗個澡，換上校服，全家提前在五點半吃完晚餐，我就要回學校了。

遠遠看到停在暗夜裡，那黑黝黝的一列校車，真覺得人生好絕望。星期天臺北的夜色低迷，街上燈火繁華而行人漸稀，一直到今天，我仍然覺得星期天的夜臺北十分憂傷，好像所有歡樂用罄的慶生會一樣。教官一吹哨子，我們就奔向深不可測夜幕。離開市區，漸漸荒涼起來，然行過市郊，長堤上的燈影倒映在幽幽的河中，這時無論看見一棟亮著燈的民房、路上一個騎腳踏車的人、和我們方向相反擦肩而過的另一輛車，我都覺得那是令我深深羨慕的幸福世界——我願意花一切代價來換取這樣的自由。我不知道車上四、五十位同學，心中是不是像我一樣慘惻，不過這時車上多半靜得出奇。

回想起來，我不知道自己當時的心靈為何能承受這種禁錮所帶來的窒息感，而且好像沒有什麼損壞地挺了過來。或許，人生經歷了這些事以後，便更珍惜可以自由支配自我的每一時刻，懂得享有最簡單的美好。為了確定一下，我在臉書上問了以前的同學搭車返校時之心情如何？他們現下都已是五陵衣馬自輕肥的豪傑了，不知還記不記得往日的崎嶇？我想那些搖搖晃晃的破校車應該早已和我青澀的歲月一同除役了吧，但我十七歲時，心中滿懷徬徨與無奈的那個半透明倒影，卻永遠在高中校車的玻璃窗上，那樣寂寞地注視著我。

附記

畢業多年，母校辭修高中適逢四十周年校慶，邀我在校刊上寫一篇「憶當年」的作品，我曾當過校刊主編，義不容辭地寫了以下這篇頗有「校刊風味」作品：

〈少年十五二十時〉

特別喜愛三月的楓林，是從辭修開始。

就在教室後面，從福利社那小土門彎下操場的一條曲徑旁種了一些楓樹，春天時綠得透澈，微晴的陽光使一切都明亮起來，仰視葉隙，金光點點，清風一動，那天色、那綠意、那心頭的寂寞戚惶便閃爍成心底的一幅流金風景，永不褪色。

十六、七歲是十分尷尬的年紀，脫去往日童騃的外衣，對世界卻又是懷抱著那麼多的不解與幻想，心中總有捺不住的驛動之情，偏偏，我卻要被關在辭修這封閉的小小世界，等待又等待。在辭修，第一課學會的便是等待。總害怕星期天的黃昏襲來，那是要離開溫暖的家，穿回制服奔赴學校時刻。從坐上交通車的一瞬間，我便開始等待下一個星期六的到來，那夜風、那燈火，簡直讓一顆年輕的心隨時破碎。一路蜿蜒，只見學校的燈光隱隱，心便下沉。下車踏入校園，卻有了異樣的感觸，離家生活是難受的，但我知道我能夠也應該面對這些，這就是成長。心裡明白要戰勝等待的痛苦，便要忘卻等待這回事，校園雖窄，但年輕的心是廣闊的，於是我大步向前，趕上友伴，與他們一起追逐飛向天際的一顆籃球，追逐一段烈日晴空的友情歲月，一個發光的夢……。在辭修的一千多個日子，我便明白了人世最可貴之事物，不在惋惜失去了曾擁有過的什麼；而是在一無所有中找到還屬於自己的那些東西。

人近中年，難免經歷不少挫折，但回想起來，沒有一個挫折比得上來到辭修前所經驗的那麼苦楚。現在的孩子很難體會「落榜」這件事，大約是學校多了，但我考高中當時，北區也只有那麼幾所公立高中，我便在十五歲時，嘗到了落榜的滋味。屈辱、難堪或自卑，其實並不那麼真切，最苦惱的是不知自己該何去何從。所幸辭修對我伸出了歡迎的臂膀，讓我有了一個方向，學校用一種很嚴肅的態度告訴我我並沒有失敗，只是到了更應發憤的時刻。

然而在辭修，我不僅在課業上有所進益，這絕世而獨立的世界給了我更多的啟發。人和人應如何相處，怎麼樣用樂觀與幽默的態度來面對生活裡的無奈，如何接受別人的善意，在現實得失外尊重一些性格與態度，發現一些悠然一些美好，甚至以自我為眾人去創造一些美好，更多的自我承擔……等，這些都是辭修三年教給我的一課又一課。

和我同年的他校學生，大家讀的是同一冊課本，但他們在熱鬧的街、擁擠的補習班或電視節目的聲光裡，和我住校生活所領略之薄霧的清晨、夜空的星光與內務、進餐廳等規矩等相較，可以說我們是讀著截然不同的兩本「大書」，辭修以其獨有的氣韻讓生命有了不同的悸動。回想起寒冷的冬夜，室友數人坐床邊共享一碗味味A排骨雞麵的滋味；慶生會全校共賞一部爛片如《又見阿郎》或《追夢人》的笑影淚痕，晚自習時傳來訓導主任唱〈楚留香〉的歌聲，躲在棉被裡拿手電筒看《少年快報》的熱切……。憂傷而又幸福，苦悶而帶浪漫，點點滴滴的回憶啊，已和那些少年心事一起揉進了我生命的每一根纖維中。現在無論當我感到憂鬱或喜悅時，多少高中時的場景便歷歷浮現心頭，那又是什麼樣的記憶與往事難忘呢？

我常想起辭修，無論大學生活有多麼風光明媚，人間紅塵有多少繁華開謝。青春在此並不虛度。在Facebook的資料上，我不只填上職業與大專就讀院校，還填上高中畢業於「辭修高中」，那是我生命中最不可忽略的三年時光。我多想再升一次旗、再進一回餐廳、再回到小福利社喝一碗冰粉圓，回到那年楓林正青的小路上，輕唱起那首永遠的歌：我對你的愛和從前一樣，往事難忘，不能忘……。

向學記

校書嘗愛階前月，品畫微聞座右香

開學

開學最好是陰天。

豔陽的日子太過嚴厲炙人，屬於學校的一方；雨天則是我無所逃遁的陰霾心情。所以陰天或時晴偶雨，算是契闊了整個夏天的兩方達成妥協，平分今日的一切，也讓校長、主任大多不知所云的冗長訓話涼快一些。

開學好像是屬於小學生的事，中學師生見面來不及問好便開始考試，說是開學，不如說「開考」，還沒上課就考試真是不合邏輯，誰教我們有「溫故而知新」這樣的古訓？至於上了大學，都已上課一週了，人還在火藍的浪裡夢裡蕩漾浮沉，夏天還那麼寬闊，今天便開始埋首於書頁的註疏或大義不是太岑寂了嗎？夏日還在，學期便不曾開始，一直要到期中考後，聖誕節前，上課才能慢慢進入理想狀況。

回憶起來，小學生的開學日是很動人的。記得《愛的教育》首章便說：「結束了三個月夢一般的暑假」，從來我就覺得這句話是惆悵的，人生最後總是失去了永遠把握不住的東西。穿著新洗好的制服，帶著升了一級的驕傲與不安回到校園中，既驚覺於同學的轉變，又復慢慢發現了一些熟悉的況味，剛打掃完的氣味還與懸浮的微塵飄在空中，新教室窗外的雲與樹清朗鮮明，好像也是剛用穩潔擦拭過的；然心裡渾沌如剛剛洗過拖把的一桶髒水，要等浮動的渣滓沉澱，日子方且清澈深長。

新的課本與作業簿發下來，光滑的封面潔白的空格鼓勵我忘掉上一學年的慘淡而重新開始，在嘆一口氣裡把「數學」收進書包；懷著一點捨不得之情讀著「國語」，還沒看完第三課，老師就上臺喝令大家安靜，一番訓詞後是重排座位與民主時間的幹部選舉。一陣盲動後，班上的輪廓又清晰了起來，明亮的、陰暗的、被接納與排斥的，一個無形的橡皮擦修去了錯亂的線條，營造出了這個班上小小社會的秩序感；一陣吹過原野的風並不理會種籽的心願，總是忽略了小草也會有的多愁善感。多年後我仍想起風琴伴奏的那歌謠：「從前的日子都遠去，我也將有我的妻。我也會給她看相片，給她講同桌的妳。誰娶了多愁善感的妳，誰安慰愛哭的妳？誰把妳的長髮盤起，誰給妳做的嫁衣？」同桌的學友，總在開學的第一天，產生淡淡的好感。

就這樣忙著、亂著，永恆的一日也就這樣渾渾噩噩地結束了。黃昏放學時有一點涼意，那是秋天，走在回家的路上也會想起讀到一半的新課文：

湖岸上，葉葉垂楊葉葉楓，
湖面上，葉葉扁舟葉葉蓬；
掩映著一葉一葉的斜陽；
搖曳著一葉一葉的西風……

於是在喧囂的剎那裡也有了一種寧定，幼穉的心似乎領略了秋意的悠遠，因而便也懂得了成長的無情與悲歡。

破英文

我是這一、兩年才知道原來網路上就有英文字典，有時突然要查一個字，上網就可以馬上找到，還有「真人發音」，實在是非常方便。不過網路英文字典的缺點是講解太過簡約，而且查完生字，不免收收郵件看看新聞，一不小心便忘了原來查這個字是要幹嘛，不知不覺浪費了許多時間。

以前不知道有網路字典而不幸遇到生字時，第一個方法就是大聲問正在拖地或疊衣服的妻子：「喂，那個p-a-r-r-y是什麼意思？」這時她會先spell（拼）一遍，然後recite（誦）一遍，接著答案就出來啦：「就是那個躲開避開的意思啊！你連這個都不知道嗎？」其實她早就知道我英文很poor，但不知為何每次都要確定一下。有時也會遇到她不會的單字或片語，那麼她會立刻放下家務，拿出一本極陳舊的小字典來，很勤奮地找出答案，我猜她也會順便將它背起吧，女生都很會背單字，這是我刻板的印象，不過據說英文程度就是這樣累積起來的。

我們家這本英漢字典是七五年版的《大陸簡明英漢辭典》，約只有巴掌大小，卻有兩塊厚片土司疊在一起那麼厚，裡面密密麻麻的小字，我現在要用放大鏡才能讀得清爽。這種字典大多是中學校長送給那些品學兼優的女同學的獎品，讓她們未來能在舟車上都認真地背英文單字，準備托福，往後出國留學。不幸我從來沒有得到過這類的禮物，我相信這是我英文程度江河日下的重要原因，因此我們的教育家應該逆向思考，將字典送給英文最破的同學如我，那些第一名的優等女生，就送她們一個棒球手套好了。

字典編得其實很有趣，信手讀讀會發現英文也不是那麼難，而且外國人的思想有時讓人發噱，例如graveyard（墳墓）加上shift（就是電腦鍵盤上Enter下那個長鍵）成為片語「墳墓切換」，很適合當鬼片的名字，其實是「大夜班」的意思，其中深意值得玩味，字典真是博學又幽默的老師。

中學校長的付託已經遠去了，那苦背單字應付英文隨堂小考的日子也不再了，能輕輕鬆鬆讀讀字典，隨意漫想與會心一笑真是快樂，學英文難道不應該這樣嗎？

階前月色

茶人何健的「冶堂」有一副對聯：「校書嘗愛階前月，品畫微聞座右香」，那是我的老師，也是我老師的老師書法家汪中先生所書，秀逸清雅，惹人沉思。

我在東海曾上過汪老師的課，那時他正從師大退休，就來東海教書，與他一道的還有楊承祖老師。我大二、大三時修了汪老師開的陶謝詩與蘇辛詞，那時我很不用功，有一回竟然忘了那節課要默寫謝靈運的詩，沒準備當然吃了鴨蛋，汪老師說了我幾句，為了彌補內心的不安，後來是硬背了一些謝詩。來到師大，陳文華老師指導我作論文，他是汪老師的入室弟子，我又與汪師在臺北重逢了，後來汪師還幫我的散文集封面題字，對學生的好真是沒話說。

汪師這幾年身體不太好，有回我去拜訪他，他知道我在上「詩選」這門課，諄諄告訴我不管教材再怎麼熟，前一天晚上還是要備課。後來又有一次，他將以前上課用的《唐宋詩舉要》送我，那是民國五十一年廣文書局出的上下冊版。回家打開一看，泛黃的書裡扉頁與內頁留白密密寫滿端秀的小字，有些是詩論，如：「馬一浮曰：『作詩先求脫俗，要胸襟要學力，多讀書自知之』」，有些是注解詩中典故名物出處，有些是鈔了龔定盦、梁啟超等人的詩作，有些是分析一首詩的作法，還夾了不少剪報資料，我想那些字句，是多少年來，一遍一遍備課時所補上去的吧。

隨時想到自己所教的課程而不斷累積補充，永遠將「上課」視為神聖的一件事來悉心準備，那麼多的年歲消磨，過去的老師，做的真是燃燒自己照亮別人的工作。我們現在常拿研究繁重或學生程度差等藉口來當作馬虎上課的遁詞，其實在講臺上混久了，心裡都知道多講兩個笑話或說說系上的傳聞，很容易便把上課時間混過去，完全不準備只帶一張嘴去也能是一節課，學生也不見得有何不滿。而且現在的大學，只看研究成果而不論教學績效，何必那麼認真呢？

但每望向書架上殘舊的《唐宋詩舉要》，我就不禁要肅然起來，認真備課，告訴自己沒有什麼別的事比教學更要緊的。汪老師的一句話和兩本書，教會了我如何當一個老師，就像每個深夜階前的月色，那樣清澈地照亮了案頭的詩。

你往何處去？

有人問我：老師在意義上是幫人解惑的工作，但當一位老師，自己的「惑」又是什麼呢？

我無法回答，我想起我的擔心是身為教師，我們究竟能夠多深刻地影響這個時代？還是慢慢地融入世俗，成為每一個時代下那個相同模糊的面孔？

在隔斷紅塵三千里的校園中，漫談知識、詩歌與美，彷彿與紛紛擾擾的廛市漸行漸遠。打開書頁，吟詠之間便可忘卻現實世界裡浮動不安的經濟衰退與乎使人疲倦的失業數字等等；我們漫談哲理，交換感動，那些心靈悸動的瞬間，總使我幾乎忘了這個時代真實存在的不公不義或人間隨時發生的哭喊絕望。我們在教室裡心情甜美，於校樹間人生灑脫，輕唱〈小情歌〉的日子，國家民族的大義已遠。該怎樣弄到計畫的經費，以及如何消化掉經費，成為現實中最讓人關心的事。但我不禁要問，那個少年時立志淑世的意氣到哪裡去了？寫在八古作文「讀書與救國」字裡行間的沸騰熱血都已冷卻了嗎？

有人說過，舊俄的知識分子是質地最好的麻繩，他們將自己和時代人民緊緊綑綁在一起，死命地將沉重的國族拉出命運的泥淖，直到自己斷裂為止。而今我在研究室的電腦前偶然舉目，初秋的藍天像每一個時代那樣浩蕩，我卻有了深邃的茫然。在教學、研究與服務的量化評鑑中，「救國」或「用世」都成為了遙遠或愚騃的代名詞，爭奪學術資源，較量學術成就，在故紙堆裡輕易地日升日落，難道就是我們這個時代，攻書學劍的最終目標嗎？

我不能忘記一九〇五年諾貝爾文學獎得主顯克維奇的小說《你往何處去》（或譯《暴君焚城錄》），為了躲避暴君尼祿迫害而逃離亂城羅馬的使徒彼得，在途中遇見上帝，兩人方向相反，互問對方「你往何處去」？

我們可以逃往一個安適的樂土，享受物質生活的豐腴以及文學、音樂、藝術的陶養，我們可以心平氣和，非常光潔地在雲端活過一生。然而我們也有一個亂邦在身後，是否應該轉身，回去被釘在十字架上或餵於餓獅的口中？或是即便如此，亦不能改變什麼現實，或完成什麼真理？在價值漂流的時代，沒有夢也沒有黎明，我多想如千年前的聖人，迷路時遣一弟子為我問津，舉世滔滔，我們一行，該往何處去呢？

輯二　草莓時刻

人生的詩行

而且，那時，我是一隻布穀
夢見春天不來，我久久沒有話說

我怕年節。每回過年，總讓我心裡煩亂不堪，各種無聊的新聞話題，各種應酬與假期帶來的不便，都使我疲倦得無法面對。除夕夜的那晚，鞭炮聲遠遠近近地傳來，似乎有什麼開始了，亦有什麼結束了，我驀然想起一首遙遠的詩：

十九個教堂塔上的五十四個鐘響徹這個小鎮
這一年代乃像新浴之金陽轟轟然升起
而萎落了的一九五三年的小花
僅留香氣於我底箋上

這時，我愛寫一些往事了
一只蝸牛之想長翅膀
歪脖子石人之學習說謊
和一隻麻雀的含笑的死
與乎我把話梅核兒錯擲於金魚缸裡的事

——鄭愁予〈除夕〉

我曾深愛過這首詩，因為詩裡似乎寫出了一種兒時的感傷，孩提時代的感傷是永恆的青鳥，多麼幸福卻也無可重獲。能夠在這樣的夜裡重溫一個褪色的夢，淡淡地懷念著少年時的悸動，實是相當甜美的感覺。

讀鄭愁予的年代甚早，大約十一、二歲左右吧，但一直到今天，還時常翻翻新潮文庫的《鄭愁予詩集》，當然此書已不再「新潮」，相對於當代各種詩的展演與突破，此集反而有一點古雅的況味。鄭愁予的詩大都脫離現實，但讀熟了之後，卻發現在人生的許多當下，會莫名地想起他的詩行，好像他在三、四十年前，便已經把我的心情寫了下來，然後一直默默等待我去印證那些感受。所以當生命走到了某個點上，便能會心於他預言般的詩句。如果說「寫實」是指能夠完整地臨摹一種剎那間的心境，並用文字意象呈現出來，那麼也可以說鄭愁予的詩其實是相當貼近現實的人生之歌吧！

芥川有句名言：「人生不如一行波特萊爾。」那是他從書堆裡鑽出來，俯視現實人間的一種感傷心境。文學將瑣屑平庸的人生提鍊為煥發的輝光，作品中的一行一句，無不隱含了更超越的生命理想，比起我們渾然不覺的日常生活，文學擁有了更多通向永恆與純粹的可能。因此我們在閱讀中，往往可以忘懷追求名利與錙銖必較的存活方式，進而得到心靈的澈悟與昇華。不過仔細想想我自己，大多數的時候只把文學、把詩當作一項工作，全心投入於剖析和研究，但終於文學裡的真善美一無所得；只有在極少的時刻，才透過文學或詩，觸動生命真相的覺悟。我實在是一個本末倒置的讀者。

因此近來我開始試著重讀許多熟悉的詩，說是「讀」，不過就是信手翻閱而已，沒有筆記也不畫重點，只是增加了掩卷沉思的時刻。在那些詩句裡，我發現了生命是如此微薄，但卻美得令人驚喜。就像現在，攤開在我面前的是：

而且，那時，我是一隻布穀
夢見春天不來，我久久沒有話說

——鄭愁予〈小溪〉

經過了那麼多的冬日，昨天行過溪畔，好像已經遠遠聽見布穀在訴說著什麼了。

夜雨

野徑雲俱黑，江船火獨明。曉看紅溼處，花重錦官城。

夜雨將我帶入很深的意境裡。

仔細諦聽，雨聲也有遠近、急緩、輕重之別，像無心的錯落，又似有意的交織，我躺在溫柔的床上，愈想從中分辨那隱約於紛紛裡的一根主絃，卻愈是被其他的聲響所引帶而去，「遇之匪深，即之愈稀」，這樣的夜雨，像禪，讓人既懂又不明白，所以也像一首高妙的詩。

然而在雨裡，莫名的悲哀油然漸生。

這是近來經常湧動心頭的感覺，或說不是悲哀，只是一種深刻的徬徨，不知何去何從的人生猶疑。眼前的歲月，是應有的大約都已得到，未曾有的卻也不是那樣強烈的渴望，就像在漫漫長路上，本只是一歇行腳，但轉念一想，其實不再起身離去，就把一生依託於此，未嘗不是一件好事。這應該是極幸福的一刻，但不知為何，隱約的不安卻始終揮之不去，一時或行或止，真煞費思量。

我無端想到了中學時念過的詩：「孤帆遠影碧山盡，惟見長江天際流。」近來慢慢明白，這首詩在離情依依之外，暗喻了人世的消滅與某些存在的永恆。

世間的一切都有時而盡，無論再怎麼不捨，愛情、友誼、榮華與點點滴滴的歡欣等等，終將消失在視野所及的地平線外。我們大多數的人每天所憂患的，應該就是這種逝去的迫切感吧。渺小脆弱的心，無法抵抗命運或時間將要奪去我們所有的那股力量，而在現代化的資本社會裡，「一無所有」是比生老病死更可怕的事。因此我們總是不能只求安於現狀，而要靠不斷地攫取來壯大自我，藉以對抗隨時可能的失去。生命在如此的徵逐中虛耗，每天疲憊且哀傷。我們手掌緊握的，是沙，是水，是一個像夜雨一樣迷離的陰影。

但紅塵雖是將盡的孤帆遠影，令人灰心，詩人卻補充「惟見長江天際流」的意象。這便在遼闊的視野中，又重新給人一種啟發：世上畢竟有一些東西如滔滔江流，是永遠不滅的。一聯短詩裡，一句訴說無常與幻滅，一句又昭示了堅定的永恆存在，究竟哪一個才是人生的真相，在夜雨幽微的夢裡，我已難以分辨了。

第二天在學校裡，我意外收到了長輩賜贈的書法，那些墨跡隨風蕩漾，彷彿非常留戀，亦非常惆悵地寫著：

好雨知時節，當春乃發生。隨風潛入夜，潤物細無聲。

野徑雲俱黑，江船火獨明。曉看紅溼處，花重錦官城。

書法與詩句是耐人尋味的，我回想著，也許夜裡的雨聲並不虛妄，而是暗中為這個世界帶來了一些什麼；又或許我們來到這世界也是這樣，本以為所逐皆屬泡影，然在不經意間卻也深深地留下了一些東西。爛漫的校園中，春天好像真的來了，走過繁花綠叢的深處，每一葉、每一瓣都不為什麼而欣欣，短暫，卻也永恆。

草莓時刻

那綿延不絕的草莓綴飾著天庭的殿宇

三月傍晚，臺北無端沉入春寒。

窗外已模糊為墨瀋瘀重的山水畫，我多盼望此時晚天的顏色能是一種清麗的淡藍，帶著悠遠的問候，或是對明朝的期盼。但天色是如此的陰沉，像所有人心事的鬱積，輕輕一擰，就要滴出水來。如果是這樣，多少正在歸途中的人又要發愁了。

妻子在廚房裡洗滌草莓，女兒在她的小房間，練習穿衣服，她必須加快速度，因為媽媽說她再不趕快來，就要吃光所有的草莓了，但我知道她不會這麼做，而且小孩的事，欲速，往往更加不達了。她們的對話讓恍惚裡的時光細緻了起來，我坐在小書桌前，閱讀著學生的作業，談的都是詩，形式、內容、隱喻、青春的嚮往……每一篇都盈溢而動人，雖然有時不免稍稍雷同，但那些源自生命所譜寫的情懷，就像來自不同株枝的草莓，每一顆的滋味都有微妙的差異吧！有人寫著「我是肉體的詩人，也是靈魂的詩人」、「那綿延不絕的草莓綴飾著天庭的殿宇」，我知道，這是惠特曼（Walt Whitman）的〈自我之歌〉，記得詩裡說過：「我相信泥濘的土塊將成為情人與燈光」。

於是我就坐往燈光裡，此時便成為了我的草莓時刻。

在孩提時代，草莓是相當遙遠的事物，和童話中的森林一樣遙遠，像住在樹屋裡的小兔子的生活一樣夢幻，那是古堡裡公主的名字，或只是她裙襬上的綴飾。勞苦重擔的父母，提供的是香蕉一般實在、芭樂一樣堅硬和西瓜那種汗水淋漓的生活，我穿著撿來的舊衣鞋，讀著二手的故事書，這樣的快樂就足以使我忘懷卑怯，縱使草莓並不存在於我的現實世界中。

然而我多喜歡像現在這樣，看妻子用淨水沖畢，將豔紅的草莓放在繪了小花的瓷盤上，招呼著孩子來享用。音樂細細流來，淹沒了一日奔波的煩憂，我不知道這樣美好的一切是如何降臨的，窗外在不覺間已飄起寒雨。如果從遠處看來，光暈浮華的家，應該是充滿平和與怡悅的吧！人生在漫漫的追求裡，是不是只期待著如此的一剎那，這一剎那間，是不是所有悲欣與生滅都轉瞬消逝，且微不足道？妻子說草莓季就要過去了，我想在往後的長夏與清秋，在飛逝的時光中，我都將記得這一刻。唯我擔心起如此溫馨，是否亦脆弱如人們眼中的草莓，禁不起世事無情的擠壓，亦不耐人生風浪的碰撞，甜美的時刻，為何總有夜幕低垂般的心事呢？

不過，回首來路，既已盡享人生豐麗的果實，其實已無什麼是可失去的。妻子問我要不要多吃幾顆，我笑說不用了，我要回到書桌前繼續讀完一首長詩。回味著還停留在口中帶著青草氣息的甜意，我再一次想到「我相信泥濘的土塊將成為情人與燈光」，但情人與燈光又將變成什麼？妻子收拾杯盤，晚間的卡通開始了，我想起多年前的電影《布拉格的春天》，最後的對白是：

「托馬士，告訴我你心裡在想什麼？」

「我在想，我有多麼的快樂……」

隱約傳來的歡唱歌謠彷彿輕輕告訴我：所有的草莓時刻啊，應該都是帶著微酸的。

花落無憂

多少繁華紛落去，人間依舊太匆忙。

作品中寫到茶花，意象便格外不凡，白先勇的散文〈樹猶如此〉便是典範，他說：「冬去春來，我園中六七十棵茶花競相開發，嬌紅嫩白，熱鬧非凡。我與王國祥從前種的那些老茶，二十多年後，已經高攀屋簷，每株盛開起來，都有上百朵。春日負暄，我坐在園中的靠椅上，品茗讀報，有百花相伴，暫且貪享人間瞬息繁華。」這是一篇記錄深情與死亡的作品，瞬息的繁華卻隱喻了無限的滄桑，讀來真令人低迴不已。而金庸的小說《天龍八部》，更是以曼陀羅花為隱線的一部作品，裡面將茶花寫得美不勝收：「火齊雲錦，爍日蒸霞」、「春溝水動茶花白，夏谷雲生荔枝紅」，那些「十八學士」、「風塵三俠」可真是極品了。

我多年前也在陽臺上種了兩盆茶花，但不知為何，我們的花季總是晚了人家一個多月。舊曆新年的時候，別人家院子裡的茶樹已繽紛盛放，我們家的還一無動靜。直到最近，人家花事早已零落，我們才從含苞到慢慢展瓣——「一樣花開為底遲」，因此我總是比別人多了數十日的等待。不過晚來的喜悅也好像更讓人欣然，一株開紅豔的大花，一株開素淨的小花，它們是我家窗邊的楊過和小龍女。

散文、小說都有茶花的描寫，惟獨現代詩裡卻著墨甚少，是不是因為茶花秀雅的古典美，與強調冷肅的現代主義並不相融呢？昨天讀到西班牙詩人費特列戈·加西亞·洛爾加（Federico Garcia Lorca）的〈吉他〉一詩，詩的一開頭便深深震撼了我：

吉他的嗚咽，開始了
黎明的酒杯，碎了。

在詩中，詩人說吉他的哭泣是為了「遠方的東西」，一如

南方的熱沙
渴望著白色山茶

茶花性喜濕潤陰涼，對於「熱沙」而言，那不僅是一個生存環境上的嚮往，更是對那樣的世界裡所滋潤出的生命，有著另一種高不可攀的癡心吧，因此吉他用那潮水般的絃音來傳達如怨如慕的心聲。

茶花玲瓏細緻，瓣瓣交疊，靜觀永遠有不盡的況味，只可惜花期不長，縱然我與它細細商量，請它慢慢綻放，不過清明節前後，茶花也就凋謝了。茶花的凋謝不是「一片飛花」那種方式，而是整朵花完整地落在青瓷盆的邊緣，使我們沉重地領會春天又深了一點，而美好終有凋零之時。追求美的眷戀與畏避死的痛苦，應是春天演繹的最後主題。我想也許因為有所眷戀，生命才有了樂趣，而處處爛漫的春光，正是使人陶醉的契機；不過也因為有了眷戀，生命裡無不充滿遺憾與痛苦，欲不達、失所愛，都是在眷戀裡得到的憂愁。因此「傷春」是詩裡面一個永恆的主題，寄託了人生不可把握的所有美好。

拾起落下的茶花放入盆中，讓它成為春泥，一個美麗的生命最好的歸宿，應該就是用自我來預約明年更燦爛的花季吧。自然的輪迴是多麼的遼闊，我想起奚淞那篇描寫油畫紅茶花的散文作品，他最後用《雜阿含》裡的話來釋然從花落裡感悟生死的憂思：多聞世間苦樂之聲，樂受無放逸，苦觸不增憂……。

但我沒有辦法這麼自持與開闊，寂靜的春日對我心的觸忤是那樣的深邃，讓我不禁回看自己的生命，擔心它是否足夠美好，在零落之後還可以為他年的繁華平添一抹紅豔。

後記

多年後為那茶花寫了三首絕句，附抄於下：

中年心事本栖遑，常恨春來更惋傷。
多少繁華紛落去，人間依舊太匆忙。

坐關原欲破心魔，一覺春遲日已多。
寂寞花開啼血色，初回首識曼陀羅。

處處春心處處灰，常思往事半成哀。
中宵不寐怕幽夢，多少平生歷歷來。

木頭心

星子們都美麗，分佔了循環著的七個夜

我在中學的時候很喜歡余光中的詩，拿了所有省吃簡用的零錢，搜購了不少他早期的詩集，那時《與永恆拔河》一本才九十元，在學校旁的書局買還可打八五折，「讀余光中詩」變成了我在苦悶的升學壓力下，一個精神上的小小慰藉，也讓我和終日埋首於參考書的同學，從此走上了不同的人生道路。不過說也奇怪，上了高中後，突然沒辦法喜歡余光中了，反而對楊牧更著迷一點，大學後開始追逐羅智成的詩行，爾後，夏宇成了「詩」的代名詞。「星子們都美麗，分佔了循環著的七個夜」，的確，余光中的天狼星、楊牧的北斗星、羅智成「下凡的星」、「暈車的星」和夏宇的「燈火輝煌的眼」，都曾在我的夜空發光，指引我通向神祕境域，給我一襲輝光斑斕的衣裳。

日前談起余光中，浮起在心底的，不是長江黃河海棠紅，也不是甄甄宓宓與德布西，亦不是答案在茫茫風裡的美國民歌或肥肥的雨落在肥肥的田——而是一個孤獨的少年，徘徊在舊書店裡深長的背影。我想那已不是詩的問題，而是有些少年時的悸動，像藤蘿般已永遠和生命樹纏在一起，微風中便想起那樣的季節，心事於是苦澀了起來，中年回首，只覺一片暮色蒼茫。

我在真正的暮色中回家，推開門，映入眼簾的是玄關上幾雙小巧的童鞋：粉紅色的運動鞋、深紅的皮鞋、繡了花的麂皮靴、豹紋的便鞋、園丁鞋、跳舞鞋、可愛的彩色雨靴、卡通圖案的拖鞋……。我把童年盼望卻得不到的，全都送給了小小的她，好像春天花園裡開滿的奇花異卉，我們家的玄關繽紛得可以飛起蝴蝶。女兒熱心跑來要幫我拿東西，不到四歲的她已經足以將一大袋書拖到書房去，雖然有時她會莫名其妙地將書拖去廁所，讓我到處找不到。她那小小的背影，讓我想起了余光中那首最簡單的詩：

看著我的女兒
高跟鞋一串清脆的音韻
向門外的男伴

敲扣而去的背影
就想起從前
兩根小辮子翹著
一雙小木屐
拖著不成腔調的節奏
向我張來的雙臂
孤注一擲地
投奔而來

——余光中〈小木屐〉

木屐已經在我們的生活裡走遠了，但我也能明白那古韻般的節奏是如何敲打著一個父親已入中年的木頭心。而我漸能體會，原來幸福都只是一種體驗的過程，而不可能直到永遠；或者說，一定要等到失去了某種關係後，在追悔中才能明白原來那就是所謂的「幸福」。我們現在的課程是訓練女兒自己套上鞋子，黏好魔鬼氈，等到她純熟了這一切，也就開啟了「千里之行，始於足下」的人生了。屆時，我該用哪一種情懷來目送她的背影，還是應該趕緊到書桌前，找出那首徬徨的詩：「怎樣我又擱來到昔日苦戀的港邊／尋找我美麗的安那其風吹微微／再想再想也是伊」。中年讀余光中，體會了詩情總是在最細微的人生的縫隙裡；在一盞燈點亮或吹滅的剎那；在我們的心，被世界無害通過的那個時刻。

明天我決定要仔細對那些年輕的學生講一講余光中，除了長江大河和射落了九隻太陽的祖父，余光中也人情充滿的那種時刻吧。而我不知道那些青春正盛，於幸福懷有無比憧憬的同學，是否能明白經驗幸福和經驗失去幸福在人生裡占有相同重量；當她們在讀罷〈小木屐〉一詩，準備套上時髦的高跟鞋出門約會時，會不會特意輕盈步履，以免觸傷了她們父親那質樸地無可言說，但極易潮濕的木頭心？

人生原是僧行腳

放下布袋，何等自在。

最近感於終日無窮盡的爭奪與紛擾。莫名地想起了《灰欄記》。「灰欄」，就是在地上用石灰畫一個大圈圈，元朝的李行甫寫了一齣《包待制智勘灰欄記》的包公戲，講富翁馬員外遭人鴆殺，家中只留下一個由妾媵張海棠所生的孩子，可嘆張員外的正室妻子不願偌大的家產落入海棠母子的手中，硬說五歲孩子是她所生，兩個女人爭到了公堂上，正是「清官難斷家務事」，在沒有檢驗ＤＮＡ的時代，賢明如包大人也無法清斷孩子的歸屬，只好在地上畫了一個「灰欄」，將孩子擺在裡面，要兩個母親一人抓住一手，同時往外拉扯，誰拉得了孩子，誰就擁有「監護權」。可憐一個五歲的嬌娃，怎禁得起兩位臂圓膀粗的女人奮力拉扯呢……？這戲寫得真好，二十世紀初傳到了歐洲，著名的德國劇作家布雷希特（Bretolt Brecht）將這個戲改編為《高加索灰欄記》（*The Caucasian Chalk Circle*），成為世界著名的戲劇。

我在大二的戲劇課上讀了這個劇本，當時並沒有什麼特別的感覺。那時總以為「愛」都是轟轟烈烈如《藍與黑》，天長地久如《蒙馬特遺書》，不然至少也要像《齊瓦哥醫生》或《飄》那麼磅礴纏綿。《灰欄記》裡描述的愛，好像太素樸了一些。不過近來我發現我們的社會常以「愛」為理由，不管「孩子」是不是痛得哇哇大叫，都要將他拉往自己這一方，擁有了這個孩子，無論是死是活，也就擁有了權力、財富、名位等世間榮華，因此雙方人馬都宣稱是出於對孩子的「愛」，於是便可無計於孩子的痛，死命地拉、拉、拉。有時，我竟感覺到自己就像灰欄中的孩子，左邊的把我拖過去，右邊的將我扯回來，兩邊鬥智又鬥力，我卻已想跳出這個圈圈，不再玩這個荒唐的遊戲了。

《灰欄記》的故事其實本源於《大正大藏經．本緣部．賢愚品》，其中有「檀膩奇品」一則，故事與《灰欄記》大約相當，在爭挽孩子的過程中，其經文曰：「莫非母者，于兒無慈，盡力頓牽，不恐傷損。所生母者，于兒慈深，隨從愛護，不忍世挽。」也就是孩子真正的生母唯恐孩子受傷，只好鬆手，讓孩子被對方拉了過去，然而審判者也從這個當下的不忍中，判斷出了真正的親情。

回顧我們的社會，大約沒有人願意在人肉拔河中鬆手，也沒有人真能懂得放手不盡然是示弱或是不在乎，反之，那才是愛最真實的一面。人間的你爭我奪，往往以「愛」來包裝私欲，欺人之餘，漸漸地，自我也陷溺其中，到最後不免分不清自己手中緊握而無法釋然的，究竟是什麼了。沒有想到，要進入中年，有了孩子，才慢慢明白《灰欄記》，才明白放開緊握的手是需要多少真愛的勇氣。

我不知道自己手中，是不是也緊握著什麼無法鬆開，而那無法放手的執念又是何物。唯我擔心在這樣的爭奪拉扯中，自己固然筋疲力盡，但最後得到的一切，難道不是損傷累累的嗎？走在暖風細雨交織的晚春初夏，天地欣然信美，造物主卻不曾眷戀而任其流轉，也許這就是天地永恆自在的真諦。惟我於世事總是牽縈而無法釋懷，白日的掛慮與殷憂，到夜晚便轉換為無盡的失眠和夢魘。夜深起坐，隨意翻書，讀到了布袋和尚的贊詞：

行也布袋，坐也布袋。
放下布袋，何等自在。

在千門萬戶的孤影中，我想起了樓外城外，那隱密於幽谷裡的清泉，一聲一聲的鷓鴣——「人生原是僧行腳，暮雨江關，晚照河山，底事徘徊歧路間？」

葡萄葉綠

遺身願裹葡萄葉，葬在名花怒放中。

甜的葡萄是來自童年的淚水，酸的則是歡笑，沒有人會懷疑，一串葡萄中，每一顆都是既酸且甜的。日前，浙大的江教授寄了詩人馮傑二十年前的舊作〈童年的葡萄向這邊遙望〉給我：

多少年不聞那種月光的勃動
想必人間的葡萄都睡熟了
在星星鬆軟的藍巢之中
葡萄都躺在外祖母的童話深處
如此幸福

這詩更讓我確定了，每一顆葡萄，都是一次幸福的回憶，對童年的故事或是一首經常遺忘的詩。

孩提時候週日是要上教堂的。教會其實就是公寓的一樓，有個小院子，在白色的樸素木門裡面唱唱聖詩，聽一段聖經故事，禱告，餅乾與甜甜的茶，主日的上午亮得像司琴的伴奏與紗窗外無雲的天空。聚會結束，父親與弟兄們在小院子裡搭了木架，姊妹們撒下種籽，讓綠葉慢慢地爬滿。有一天，大家都說：「長出葡萄了」，仰頭一望，一小串青綠的葡萄掛在上帝的慈愛裡，大家都說「感謝主」。大人們莊凝地對我說：「我們都是在上帝的葡萄園裡工作的僕人。」因為上帝與葡萄的關係，那時我也深為悸動。多年後我才明白，那費力栽種的葡萄，乃是為了信仰裡的鄉愁。

終於有一天，我不再仰望葡萄，四處漂浪的日子讓我與伊索寓言、聖經和無雲的晴空闊別多年，生命裡好像也有了一些鄉愁。再次相逢，葡萄已經釀成了酒。在一次一次宴會上的水晶杯裡，紳士們輪流傳遞著葡萄酒的種種傳說，爭辯著許多解釋。我不懂那些品種、陽光與水文對葡萄的意義是什麼，但我發現了那也是一種信仰。我靜默著讓馥鬱的氣息喚起難以分辨的記憶，而我想那燈下暗紫光影的確是值得沉醉的：「所有的葡萄藤都是月光的軟梯，一夜紛紛墜下」。如果我告訴紳士們，真正影響葡萄滋味的，是我們童年的心事，或許他們又要笑我標新立異了。但順著酒意，或許真可回到童年，攀上那藤的軟梯便可在月下盪鞦韆。惟我卻不曾醉過，《魯拜集》裡面的醉歌吟唱著：「忍教智慧成離婦，新娶葡萄公主來？」於是我便成了永遠的醒客，徘徊在寒食與花朝。

現在，妻子便是我的葡萄公主，她去年不知吃了多少斤的葡萄。有一次我們將葡萄籽隨意丟在陽臺上的花盆裡，不知不覺，竟有藤芽在夜裡鑽出土壤，有藤蔓在暗中攀附著窗格，發現時，它已是一隊綠葉，橫在陳舊的花格鋁窗前。那綠葉最大的近乎手掌，有些長成三個尖，就像斂翅的天使，低首禱告時的背影。天晴的時候，那葉子綠得透明，在風裡搖曳著一首古老的詩，當茶花盛開時，我奄忽體會了詩人寫下「遺身願裹葡萄葉，葬在名花怒放中」的感受，畢竟我們都是在葡萄園裡工作的人啊。

近來孩子常問我：「我們家真的會長出葡萄嗎？」我重新把那些古老的故事與歌謠搬出來，讓那溫馴的狐狸就坐在我們的窗下，讓哲學家一般的蝸牛慢慢地享受著綠葉間的陽光。我還準備了一個空瓶子，把一些細瑣的交談、微小的祕密與點點滴滴的心情全部裝進去。你們應該都知道，我想釀一瓶酒，也許有一年我們可以圍在麝香的燭光中一起品嘗，那時我想和你們共同分享我對信仰的看法，或是一起回憶必須乘著光年才能返抵的童年，童年的那一杯夜光。而我們終究也是要被裝進那個瓶子裡釀成酒的，因為我們都是別人在童年時無心種下的葡萄，甜的來自於淚水，酸的或許是歡笑。

煙

滄海月明珠有淚，藍田日暖玉生煙。

最近讀到了一個故事：在森林中迷途的青年遇到了抽著菸的大熊，在大熊的勸說下，青年與大熊一起點著菸，走回火山口的世界。那裡四季如春，美滿和樂，青年也變成了一頭熊，和大熊的熊女兒過著快樂的生活。但青年終於思念起人間的種種，於是他偷了大熊藏在枕頭下的菸，離開火山口回到原來的世界。一夜，窗前突然明亮了起來，一道煙光從火山口迤邐至他的窗前，那熊妻來到青年家，留下了一枝菸，盼他盡快回去；然而，在熊妻走後，他卻無論如何都點不燃那枝菸，再也回不去了。

我多想在此時點起一枝菸，遞給故事裡的青年，要他快快回去那有人等待著他的火山口，惜我戒菸多年，許多憑藉著「煙」才能到達的世界，我想我也是從此回不去了。

在夢幻泡影，如露如電之外，我覺得人生用煙來形容最為恰當。煙是介於有和無之間的物質，是處於暫時性的狀態，盤旋裊娜，惹人相思。在古詩詞裡，「煙」那曲折迴旋的姿態被稱之為「篆」，那是很傳神的，「茶甌、香篆、小簾櫳」是文人書房的雅趣。凝望著煙柔緩靜謐地逸入天際，散入風裡，心情也因之被帶去了遙遠的地方，人生好像那麼具體的存在過，又那麼輕易地便消逝了。凝視著煙彷彿能看見許多從前，又彷彿能看見自我日漸消散而終於無有一物的悲哀。

然而「煙」有時當形容詞使——「煙花三月下揚州」、「一川煙草、滿城風絮」、「斜陽正在、煙柳斷腸處」……。煙之為形為容，取其繁密、茂盛、蔥鬱、瀰漫及映光於反照之色，多寫春天，「陽春召我以煙景，大塊假我以文章」，我們靈魂深處的騷動，只能被密麗的煙景召喚而出，成錦成縟，為詩為賦。然我總覺得「煙」的形象中，亦隱藏有虛空、短暫、絕望及無可憑託之感，「滄海月明珠有淚，藍田日暖玉生煙。此情可待成追憶，只是當時已惘然」，也許愈是繁華之所鍾，也便愈是接近空幻之所在吧。

現實裡有兩樣「煙」是令人不悅的，一是「煙火」，那耗費甚眾卻短暫如斯的火光，正象徵了人類企圖在黑夜的帷幕上繡花而不得的愚蠢可笑。至於紙捲香菸，由於危及健康，近年來成為眾矢之的，大樓中已無容身之地，菸癮來時這些君子只能避走樓頂，那真是吞雲吐霧。其實我對香菸沒那麼大的反感，在廊簷下或街角旁，避風點菸的姿勢是何其滄桑而詩意，那能在小小的煙霧中快樂而滿足的心情，看來也是思無邪的。記得在遙遠的童年，某次春節，與父親赴他軍中同袍家拜年，寒暄中主人奉上一枝香菸，父親怡然自得地抽了起來，談笑間熟練地彈去菸灰，那是我第一次知道原來父親是會抽菸的。我很想問問父親為何平常從不抽菸呢？是因為省錢、健康還是信教……？

然而那畢竟是很久以前的事了，我不知道他是否曾經吸著菸到達什麼我無法知曉的國度去過，或是在裊裊中是不是又可以讓他回到那裡。但是我啊，明知有一盒菸就藏在枕頭底下，卻從不取出點燃它，因為那些使人惘然的追憶，應是沒有任何一枝菸可以帶我重新抵達的吧。

論寂寞

紗窗日落漸黃昏，金屋無人見淚痕。寂寞空庭春欲晚，梨花滿地不開門。

世間有許多可怕的事：飛機、魚刺、數學小考、趕不上火車、政客的濕濕冷冷的握手，不過這種事情是多多少少可以避免或克服的。老、病、窮、失戀、戰爭、災荒、世界末日，這是只能逆來順受的。然上所言皆不過是身的受難，萬一發生，或也有自處之道，惟「寂寞」是心的煎熬，雖不嚴重卻最難對待。作家木心說：「人害怕寂寞，害怕到無恥的程度。換言之，人的某些無恥的行徑是由於害怕寂寞而做出來。」

寂寞的狀況因人而異，有些人離群索居多年卻從不寂寞，山光鳥語，彈琴參禪，忙而不茫的生活彷彿在第五大道那麼樂活；有些雖然身在最繁華的煙塵裡，滿座高朋，佳期幽會，然而滿心縈繞的終究是——寂寞。可見寂寞不只是環境的影響，心境才是決定寂寞與否的要素。

人生多多少少寂寞過，歷經一回，生命便增長了一些。許多年前，一整個暑假蝸居在租賃的斗室，同學朋友都回家去了，終日就是看書，偶爾聽一下音樂，想要運動時就到球場上邀陌生人來個「三對三」，打球是可以很沉默的。整個暑假沒有任何信箋，電話也幾乎不會響起，一天下來半句話都不用說，與那人間隔著淡淡的一層薄霧，悠悠的一段距離。日子是遼敻得無邊無際，那時應該是寂寞的，雖然還不至於無恥。可是騎著車到處晃一圈卻什麼也沒做，幾乎覺得能發生一些什麼平常不曾發生的事其實也很好，總不知該何去何從⋯⋯。在那種處境裡，好像真的對於自我、存在或情感等很抽象的概念有了一些不同的理解。一開學，在擾攘的同學間聽著那瑣屑的點點滴滴，忽然覺得人間是極無聊卻也充滿樂趣的；是很難融入卻也無法真正割捨的，正是「愈不愛人間，愈覺人間好」。

許多人以為半夜最寂寞，描寫夜裡相思而不能成眠的「輾轉反側」之狀，是《詩經》的第一篇詩。「遲遲鐘鼓初長夜，耿耿星河欲曙天」，失去了伴侶，唐玄宗的夜色黑而漫長；「嫦娥應悔偷靈藥，碧海青天夜夜心」，詩人理解那孤單的清醒是天上間人最可怕的懲罰。不過我卻覺得真讓人徹底寂寞的是黃昏時分，兒時在《唐詩三百首》讀劉方平的〈春怨〉：「紗窗日落漸黃昏，金屋無人見淚痕。寂寞空庭春欲晚，梨花滿地不開門。」真的好寂寞啊，那不開的門，門外曬著斜陽的滿地梨花，無視於梨花而淚痕漸乾的女子，那是一個老去、淡去與終於沉入混濁的心。黃昏真是最貼近寂寞的，殘而不滅的餘暉，倦而欲返的人群，燈火依次亮起，暗示了一些溫馨的情懷，此時涼風一縷卻吹動了樓上的窗簾樓外的衣角，那多像是一種遙遠的呼喚，撥動了心底最低音的苦絃。

所以在黃昏時能夠有晴朗的天氣是好的，所以在黃昏時有人陪著散步，從暮色走進華燈中，從繁囂走進清澈裡，那都是好的。我曾經歷過這樣的片刻——「我們甚至失去了黃昏的顏色，當藍色的夜墜落在世界時，沒有人看見我們手牽著手」（聶魯達〈我們甚至失去了黃昏〉）；當然，我亦珍惜過，但終於還是失去了那樣依約的情懷。人生終究是有一些非常寂寞的黃昏時刻啊！就在天色還微明我們卻突然覺得幽暗而欲伸手打開室燈前的一剎那；那時，就算有酴醾相伴，又何嘗能免去襲上心頭遼闊的荒蕪之感呢？

時節清和

首夏猶清和，芳草亦未歇。

「空海先生，您認為世間最大之物為何呢？」

空海就回答道：「言語吧！」

「何故？」

「無論多大的物體，都能以言語為它命名，也就是都能收納在以『名』為器之內。」

「有無法以言語命名的大物嗎？」

「若是有，到底是何物，您可以說明嗎？」

「無法說明。因為在我為您說明的當下，那物體就變得比語言小了。」

最近迷上了怪力亂神的東西，日本小說《沙門空海之唐國鬼宴》給了我很多意想不到的樂趣。話說空海（七七四—八三五，俗姓佐伯，法號「遍照金剛」，死後追封為弘法大師）為習密宗大法來到順宗時代的唐朝，學法於青龍寺惠果，某日空海遇上了法力高強的妖貓，這一僧一妖談起宇宙，津津有味地辯論大小問題。空海的意思是「言語」是人類認識萬物的表徵，言語所無法表述的，也就是人類無法認知的，無法認知即可推論為不存在，此言亦可反向論證。

這是很高妙的玄理，然我忽然想到了李清照，她在〈聲聲慢〉裡用了一大串的意象來表達國破家亡，孤身流落天涯的辛酸，最後不免嘆息：「梧桐更兼細雨，到黃昏、點點滴滴。這次第，怎一箇、愁字了得。」原來世上畢竟也有語言所無法承載的東西啊，李清照心中那看起來像是「憂愁」的東西，卻是比我們所能認知「憂愁」所涵攝的範疇，更為遼闊深邃，可惜空海和尚與妖貓不識易安居士，她的心中隱藏著言語所無法包容的龐然大物。

「言語」實在是一個很特別的東西，看似能涵括一切，卻又不真能擁有什麼；有時讓人很清楚，但大多數的時候使人模糊，大約隨時都有兩可的性質。而詩歌好像就是藉由言語的不確定性，來傳達出許多言語確定的部分所不能表述的東西；或者說，在詩裡，我們特別能體會語言模稜的特性，與這樣的特性中所蘊含的美。如果換成沙門空海的意思，也就是我們在認識一物的同時，除了普遍的存有意義，其實我們也一併認識了該物在抽象或情意上，那雖然朦朧但不可否定的一種狀態或隱喻，只是我們為了方便，平常不太說出來罷了，但那種狀態或隱喻，說不定才是該物最有價值、最引人入勝的地方。

這幾天春陰一散，夏日的光影忽然漫長了起來，在心頭縈繞的，是「首夏猶清和，芳草亦未歇」的詩句。在黎明時天空已藍成了悠遠的意味，微風輕來，草木間涵潤著清新的氣息，一切在喧囂裡，卻也在寂靜中。當黃昏逐漸落下，與世無爭的暮光在每一葉草尖上搖曳，那便讓人想起許多童年放學回家的心情，或是一些老去的民歌。風鈴在窗前輕輕地敲一些自古而然的聲韻，雲在天邊舒卷地那樣自在，這是初夏的，令人嘆惋與流連的一刻。然我以為，沒有比「清和」二字更能訴說這樣的況味，坐在新月下的風裡，初夏所有的感覺，以及那些悄悄遺忘又悄悄想起的從前，好像忽然縮小，一切都承載包蘊在「清和」這個模稜的語詞當中了。

在清和的日子裡，詩人不免有「矜名道不足，適己物可忽」的理悟。或許我們實在應該忘掉束縛靈魂的名與物，因為這樣的時節，人生已深深抵達了世界最美好的部分，即使那只是一陣夜風吹過了你久未翻動的書頁，即使那只是一陣幽香，來自童年永遠不解的高牆隔壁。

曾經嚮往的一種自由

原來原來是這樣愛過的
卻也否認如塗改過的詩句
為你彈一些剛寫好的歌
順風時帶到遠地：
「曾經嚮往的一種自由像海岸線
可以隨時曲折改變；
曾經愛過的一個人
像燃燒最強也最快的火焰。」

——夏宇〈我們苦難的馬戲班〉

如果要遠行，應該帶一些什麼在行囊裡？

幾位同學定期送我他們自費編印的《海岸線》詩刊，這詩刊總讓我想到了夏宇的句子。詩刊裡面的詩都很好，編輯得也很用心，在一個華麗而頹廢的年代，詩刊樸素像清泉潺潺洗過我的心。許多年前，我在大度山上，身邊的一群朋友也曾這麼熱烈地擁抱文學，那樣的憧憬是我青春的最後一個驚嘆號。

詩是世間少數真正值得花工夫去理解與記存的東西，它是超乎於事物本身價值之外的另一層存在意義。但我常在想，詩到底藏在於何處？

若言琴上有琴聲，放在匣中何不鳴？
若言聲在指頭上，何不於君指上聽？

就像音樂吧，來自琴絃還是簫孔？來自於指上抑或氣嘘？

曾經我認為詩是藏在自然當中的，因為許多好詩都是山光水色，鳥語花香的。於是我試著在一朵素花、一棵老樹和窗外的一片遠山裡發現詩。後來我又體會到，擾攘塵世，未必沒有詩的存在，於是詩慢慢浮現、湧動在雨夜的霓虹、街角的電話亭、咖啡店裡寫在眼神中的憂戚或喜悅、舊社區天空裡零亂交錯的電線……。爾後爾後，我又理解了原來書本裡寫的都是詩，除了本身是詩的形式的東西，那些迻談哲學的妙論、講述歷史的興亡、紅男綠女、物理機械、金魚飼養、瘦身指南……仔細品味真有一番詩趣。放下書本，環顧生活，一杯氤氳的熱茶、一張陳舊的信箋、被遺忘的老歌、口味絕妙的菜色、晾在窗前的衣服，All kinds of everything remind me of you，若有所悟之時皆應長嘆：詩在其中矣。

但我發現這些也都不是詩，對很多人來說，這一切都是很乏味的，類同嚼蠟。較諸於爭一時風頭勝負而欣欣然，或是窺名人隱私而既怒且笑，或活成油頭粉面、鮮衣怒馬的光燦生涯，去體驗平凡裡的況味而獲雋永之情不免太過繁冗沉悶。但當興趣僅只落在了事物本身的剎那快感，不免當下有所滿足，但旋即若有所失，從此只能日日徵逐，最後那靈澈的心竟而疲乏竟而殘破竟而死亡——且不自知。

所以詩是存活在心裡的東西，一如般若，當我們在心裡放進了「詩」這樣東西，剎那間便能掙脫現實之苦，那來自於必然的短暫、貧乏、厭膩與幻滅的苦。在詩裡，這些苦都昇華為一層記憶與感受，那於生命而言，就是自由，就是永恆了。

生命的樹上
凋了一枝花
謝落在我的懷裡

我輕輕的壓在心上
她接觸了我心中的音樂
化成小詩一朵

——宗白華〈小詩〉

讓我們心中從此都充滿音樂吧！

能在年輕的心裡放入一種稱之為「詩」的東西，那無疑是相當甜美而幸福的。人生漫漫，帶著一顆詩心旅行才不寂寞，才能明白一些偶然的深意以及旅途的美好。每當我的信箱裡出現了新的詩刊，我便想起了很多昔日的夢，或許是我至今都還不斷做著的夢吧。在這個夢裡，生命充滿嚮往，卻也如此自由。

燕子

可憐處處巢君室，何異飄飄託此身。

高鐵站的月臺正對著一片荒蕪的曠野，沒有什麼人特別整理過的空地，在這春夏之交，也顯露著生命本身的昂然與自如。等車的時候，半晴半雨的天色透露了微微的陽光，濕而溫和的風拂面吹來，好寂靜的午後啊，眼前的風景讓勞頓的旅途有了另一種難以言說況味，既孤獨又甜蜜。這時，蒼灰的空中出現了幾個黑點，幾條倏忽閃爍的弧線——是燕子。

也許燕子在車站的頂上或高架鐵路的橋下築巢，幾隻玄色的小鳥來回飛行，時隱時現，那樣矯健的力與美，恰似在空中寫一個奇妙的草書文字。據我所聞，雨前雨後一些昆蟲的翅膀因為沾上了水氣而讓牠們飛行得較為緩慢，因此正是燕子等鳥類捕食的好時機。然而此刻無論牠們是否正在為衣食奔忙，我為牠們飛行的姿態深深著迷，那樣輕盈的迴旋轉折，那樣迅捷地往來上下，人與獸都是為地心引力所苦的動物，永遠羨慕飛行，尤其是燕子睥睨塵世之瀟灑、顧盼隨心的從容，還有那永無止盡的自由。曾經有個心理測驗：隱形、永生、飛翔、預知，何者是你心中最盼望得到的？如果是現在，我一定選擇飛翔，和燕子一般詩意地飛進那最初最純淨的夏日時光。

不覺想起了多年前小學裡合唱比賽的一支曲子〈燕子〉：

燕子呀！聽我唱個我心愛的燕子歌，
親愛的聽我對你說一說，燕子啊！
燕子啊！你的性情愉快親切又活潑，
你的微笑好像星星在閃爍。
啊！眉毛彎彎眼睛亮，脖了勻勻頭髮長，
是我的姑娘，燕子啊！
燕子啊！不要忘了你的諾言變了心，
「我是你的，你是我的」……燕子啊！

那時我們這群城市的孩子只熟悉麻雀，並沒有真正看過燕子，也不明白什麼是「諾言」與「變心」，但是那如吟如嘆的旋律，還是讓人心動，想流眼淚的。長大後漸漸知道，原來啊，燕子是愛情的小鳥，古代的樂府詩裡，形容一位初嫁的幸福新娘：「盧家少婦鬱金堂，海燕雙棲玳瑁梁」；不幸她的丈夫出征邊塞多年不歸，家中「暗牖結蛛網，空梁落燕泥」，在屋頂上呢喃的燕語彷彿特意要引起那女子的悲怨一樣。我現在懂了，所有的情人都是彼此的燕子，那樣熱烈而輕盈活潑地活在對方的夢裡；而所有的燕子，都是在不遠的簷下，代替不在場的情人聆聽那企慕不已的情歌的吧！

遙遠的旋律縈繞我心，在悄立等車時竟也不免有了無限的懷想。許多人，包括我自己，都曾經埋怨車站為何要建築在這麼荒涼的城市邊緣，造成了許多不便；不過能在奔忙的旅程中偶然親近自然天地，於悠悠蘊化中沉思片刻，品味「細雨魚兒出，微風燕子斜」的意境，其實也是十分美好的。旅途中已有太多咖啡廳的空望與購物商場的徘徊了，我寧願在此對著空曠的時節輕輕吹著口哨「燕子啊……」。

列車進站，笛聲長鳴，心裡很惆悵地和飛在月臺邊的小燕子道著再見。奔波是人生一苦，燕子也正是這種苦的隱喻，杜甫晚年在湘水邊，臨終前仍無以為家，寄居在一條小船上任意漂蕩，他為飛來舟中的燕子寫了一首小詩：

湖南為客動經春，燕子銜泥兩度新。舊入故園常識主，如今社日遠看人。
可憐處處巢君室，何異飄飄託此身。暫語船檣還起去，穿花落水益霑巾。

在高鐵的飛馳中，暮色漸臨，許多舊事如風景一樣迅速閃現而消失。倘若從遙遠的距離來看，那些為衣食奔忙的身影和匆匆心事的姿態，多少都帶著一些詩意的聯想，像流落江湖的詩人，像燕子。

情味

老來情味減，對別酒，怯流年。
況屈指中秋，十分月好，不照人圓。

最近愈來愈喜歡辛棄疾，據說他年輕時是一位武藝高超的帶頭大哥，領了一彪弟兄在淪陷區作戰，出生入死，幹出了一翻轟轟烈烈的事業。南渡以後，由於朝廷與北方的金國已達成和議，辛棄疾這位力主恢復的愛國志士便頗遭冷落，滿腔熱血揮灑為詩篇，滿是勃鬱蒼勁牢騷。但如果只是發牢騷，自然不能成為動人的傑作，他在感嘆人生不遇的句子中往往對生命提出了不同於尋常的見解，這是他最了不起的地方。以前對他這種「悟入」之態有一點反感，覺得太刻意、太造作，不過近來卻發現他的話句句都寫到我的心裡，好像在千百年前便成了我的知音，心中的躊躇頓挫，總是輕易地為他所揭露出來。

「老來情味減」，他在〈木蘭花慢〉這闋詞中一開始便這麼說，真是百無聊賴的人生啊！然我發現了這就是我的現況，漸漸對一切事物感到了一種乏味。以前想要證明的真理，想要追逐的成就，期許自己完成的目標，不做便覺得必然留下遺憾的事……，總之，這些東西突然間失去了吸引力，失去了「情味」，在這些事裡感覺不到能為自己帶來什麼真實的愉悅與雋永的回味。

以前的人生是多麼容易快樂啊，領了兩千元的獎學金，圖書館通知一本預約很久的書可以借閱了，有朋友還記得自己的生日，班上的女同學邀我去看《情書》這部電影……，甚至看到透過榕蔭的午間金陽點點落在草坪，竟而感到世界是如此燦爛可喜；星期日的清晨一邊洗衣服一邊聽到教堂禮拜悠然的鐘聲，便有了昇華靈魂的崇高。但這一切不知何時悄悄離我遠去，算計得失和估量效益成為每一件事的最初與最終，終於我讓自己成為一個乏味的人，我與世界互相感受不到對方的「情味」，真正地百無聊賴了。

辛棄疾以「壯語」寫成的名作〈破陣子〉講到後來，把人生歸結到「了卻君王天下事，贏得生前身後名」的功業上，然他卻在最末一句說：「可憐白髮生」，看哪，就算再怎麼成功的人，終究是要可憐白髮的。這就教人不得不思索，年華是如此短暫，用來贏得虛名是否值得？這讓我也不免猶豫了起來，許多的人生成就都是拿犧牲換來的，參加一場應酬的晚宴便顧不得妻女，熬夜趕一篇論文必然損害一點健康，長途跋涉出國開會又徒增許多勞頓，多指導幾位學生多上幾門課便沒有所謂的休閒……。各行各業都有其苦衷，都有著「若非如此」便「不得如何」的條件限制，營營一生，當有了一些榮譽加冠在身上時，也不免「可憐白髮生」了。尋尋覓覓是生命的常態，冷冷清清屬必然的結果，王國維認為辛棄疾〈青玉案〉所揭示的：「眾裡尋他千百度，驀然回首，那人卻在、燈火闌珊處」是一生的最終境界。也許在熱鬧的人群中浪跡一回，完滿地體驗了眼耳鼻舌身的種種豐富滋味後，才能覺悟「情味」乃是在這些感官刺激之外的。那疏疏落落，年輕時覺得清冷的世界，這時反而是疲倦的心所能安歇之處。

在「歌倦聽，酒愁傾，文章只恐近浮名」的時刻，讓我真能感到情味悠長的，也不過就是和女兒講一些小貓迷路小狗買菜的故事，或為長久遺忘的花草澆一點清水，或是讀一段辛棄疾——「老來情味減，對別酒，怯流年。況屈指中秋，十分月好，不照人圓。無情水都不管，共西風、只管送歸船。秋晚蓴鱸江上，夜深兒女燈前……。」

尋常

酒債尋常行處有，人生七十古來稀。

回母親家吃飯時，母親說前幾天見過葉先生，她以股東的名義簽了一些文件，外祖父身後所留下的貿易公司就算正式結束了。母親說那些當年公司裡的人，有些正在住院開刀，有些已病死異地，還有幾位已不知所終了。總之，拖著病軀在處理這些最後文件的葉先生很悲哀地說公司走到這裡，是「家破人亡」了。母親和我說著這些，好像並沒有太感傷，也許是「中貿」公司除了一份父女的感情外，盛衰之事對她這個掛名的股東而言並沒有太多的意義吧。而我無端想起了「西風換世也尋常」的句子，新時代抹去舊時代的痕跡，永遠是這麼寧靜、確實與寂寥。

「尋」和「常」最早是度量的單位，所謂「八尺為尋，倍尋為常」，這樣看來，一尋約莫是今天的二百四十公分左右；「倍尋」有兩個可能，一是「尋」的一倍，也就是十六尺，一說為「尋」的平方，也就是大約今天的六平方米之大小，差不多兩坪。古人稱好戰的君王為爭「尋常」之地而動干戈，可見「尋常」在古人心目中是很小的。不過「尋常」後來多用為「平常」的意思——「舊時王謝堂前燕，飛入尋常百姓家」、「酒債尋常行處有，人生七十古來稀」。年年歲歲，西風都是要換世的，因此西風換世雖然讓人不忍，但細推終是要承認，那是很「尋常」的，可以感傷，卻必須坦然接受。

我對「中貿」公司只有極淺的印象，地點在南門市場對面的大樓中，頗為寬敞，外祖父董事長的辦公室尚稱體面，四面掛著字畫，大桌上亮著青灰瓷馬的座燈，照著一幅未完成的書法，整體而言像一個文人的書房，不像一個商人「辦公」的地方。辦公室外尚有一鋪著地毯的小客廳，皮沙發散發出一種既文明又野蠻的奇特味道，牆上掛了花開富貴的國畫，小几上擱著一組繪了菊花的白瓷杯壺，我猜想那裡可能是為了招待什麼大人物用的，迥異於我平日世界的氛圍。我大約與母親去過兩、三次，那是一個純粹大人的世界，對一個孩子而言，在窺祕的熱烈心情喪失後，那樣的世界就是冗長而乏味的。漸長後慢慢明白，那公司其實無甚業務，不過就是紡織品的配額買賣罷了，然而使我不能忘卻的，是我曾經無知地踏入，在朦朧間所感知到另一個真實世界的衝擊感，那就像是一個忽然的夢，如今又忽然醒了。

其實早在數月前，我便陪著從美國回來的舅舅去過一回，過去的「中貿」已換為另外兩間公司，一邊是做珠寶生意的，一邊是一間律師樓。金碧輝煌的門面，翩翩盈盈的紅紫蘭花，庸俗之中也有一番氣象，一個孩子的夢彷彿還關在其中。舅舅是實際上的股東之一，他在那裡殷殷詢問，討論商量時，我突然無聊了起來，我想起了那間小客廳，皮沙發，白瓷的茶杯，世界有進步與明朗的陽光，卻也有著空泛而寂寞的心。

母親對我說，極瘦極憔悴的葉先生說公司當當賣賣什麼都不剩了，很慚愧，也很抱歉……，只交還了一幅外祖父當年留在公司的字畫，老一輩的人對這些事還是很看重的。人世就是如此地交接與流轉下去，並不為誰的嘆息而停留。「被酒莫驚春睡重，賭書消得潑茶香」，繁華事散，我想起了「尋常」還有很「輕易」的意思，對流光而言，要抹去如何隆重的人事，都是無比輕易的吧！如今我坐在紅了櫻桃、綠了芭蕉的孟夏窗前回味這些心情，許多年後，或也要感傷今日之懷抱，「當時只道是尋常」了。

蟬的話

無人信高潔，誰為表予心。

蟬叫了，夏天來了。

夏天的白晝是這麼燦爛，夏天的夜晚是那麼的旖旎，六月的世界神祕地切換了天色與風向，還有一些人淡淡的人生。我歡樂的回憶，幾乎都融入了夏天的光影：小學最慎重的畢業典禮、海浪潮濕的氣息、聯考完後鬆了一口氣的長假、無所事事的年輕、熱浪撲面的愛情和約會、樹蔭下的閱讀沉思、長途旅行與旅程中靜謐的黃昏、婚禮教堂的鐘聲、午後的夢……。這麼多的美好，幸福已滿溢生命的酒杯，就像夏日，無處不流淌著如蜜的金色豔陽。

但我不能忘懷的，是初次對夏天的知覺，是蟬聲。

童年的校園到了五月，蟬聲稀稀落落並不引人注意，到了六月，隨著高年級練習〈驪歌〉的合唱，鳳凰樹上的蟬聲和火紅的鳳凰花燃燒成真正的烈夏，「國語」已上到最後一課了，「數學」的習題簿也快寫完了，怎麼還不放暑假呢？窗外是無垠的藍，一切都顯得好遙遠。

盼到了暑假，爸媽規定一天要讀一首唐詩，七月雨後的黃昏，讀到了「倚杖柴門外，臨風聽暮蟬」，是啊，滂沱的西北雨一停，夕陽照滿大地，是父親下工回家的時刻，也是蟬聲重燃的時刻，再晚一點就是蛙鼓了，雨後、黃昏、等待歸人的心情，這首詩是好的。到了九月開學前，讀到了：「蟬鳴空桑林，八月蕭關道。出塞復入塞，處處黃蘆草。從來幽并客，皆共塵沙老。莫學遊俠兒，矜誇紫騮好。」這詩對我來說太難了，不過八月蟬鳴，確實很切合時景，尤其是那個「空」字，沒錯，蟬鳴的夏天實在是很空疏的，我不知道是因為單調的蟬聲令人無聊，還是因為蟬鳴急急，更襯托出了一種疏懶的假期心理。不過詩是不必真正讀懂的，再不多久，便發現遠處的山頭長出灰白淺黃的一片，那也許就是「處處黃蘆草」吧，多識草木鳥獸之名也好，詩就這樣一直讀下去，下一個暑假結束前，便把《唐詩三百首》讀過一遍了。

一季的蟬都在說些什麼呢？詩裡面提到很多：「露重飛難進，風多響易沉。無人信高潔，誰為表予心。」原來蟬有許多高潔的思慕，卻得不到世人的理解。又說：「煩君最相警，我亦舉家清。」蟬不斷地告訴失意的詩人，其實寥落與幽獨，正是人間最耐品嘗的況味，這些話，我默默記在童年的心裡，卻是近來才慢慢聽見，漸漸理解的。在繁囂的臺北市，能聽到蟬聲畢竟還是讓人很喜悅的一件事，有些事情並沒有離我們遠去，那小小的知了，還是像對著古人一樣的殷勤來對著我歌唱，縱使樹已經那樣稀少了，夏天還是一樣遼夐。時間過去，有些東西不曾改變，有些零散而微小的感覺，不知為何深深地留在心底。

暑假已至，牽著女兒在校園裡散步，原本充斥廊廡間的笑語，應該也追逐著我年輕時夏日追逐過的世界而遠去了，校舍空成一種心意。暮色裡蟬聲如雨，還是那樣清切。四歲的女兒問我：蟬都在說些什麼呢？我說和我們一樣在說童話故事吧！是什麼故事呢？

我握著她的小手緩緩走進蟬聲裡，那樣幸福的雨水打濕我的心，是什麼故事呢？驀然想起一首剛上中學時，音樂老師教過的歌：「夏天一到我就悄悄地想起：茅屋旁的池塘晴朗的天空；清晨濃霧照著翠綠的山峰，水田裡的秧苗小小的山崗。每當芭蕉樹要開花時開花時，一朵朵含羞的開在幽靜的池塘邊，金黃色的夕陽西斜，晚風輕輕飄。多迷人的光景，難忘的回憶。」唉！年年歲歲，蟬應該就是這樣的故事吧。

愛與煩惱

想起愛情，最初的煩惱，最後的玩具

——余光中〈蓮的聯想〉

大家都說《玩具總動員3》很好看，一時興起，便與妻女一同前去欣賞，坐在電影院裡，這才想起我已五年未進戲院，我不知道五年中有沒有錯過什麼。

記憶中，《玩具總動員》第一次上映已經是十幾年前的事了，那時我也不過是一個有著熱烈理想，卻對人生束手無策的大學生。時光匆匆，電影中第一集的小男孩到了第三集已經成長為一個將要上大學的十八歲青年了，而我這十餘年來，正是「三十功名塵與土，八千里路雲和月」，在奔忙中蹉跎了青春，已然成為一個勞勞碌碌但仍然空乏的中年人。

排除一些美國式的幽默，電影和前兩集差不多，表現的是「愛」與「煩惱」的共生問題。有了愛，便產生眷戀與割捨的問題，便產生被棄的痛苦與執著於往日情懷的憂傷；不過也因為有了愛，在面對幻滅與死亡時，好像也多了一點無畏和坦然。許許多多電影或文學著迷探討「愛」的權利與義務，我猜很多讀者都能在其中得到一點小啟發，或是找到自己似曾相識的影子。

愛是一種煩惱的根源，在傳統文化裡是早已存在的定見。白居易晚年得女，深深覺得這女兒十分可愛，但也感嘆自己終究無法逃過生命的促迫，無法多享天倫之樂：「美酒競須壞，月圓終有虧。亦如恩愛緣，乃是憂惱資。」（〈弄龜羅〉）

我現在漸漸可以體會白居易這種心情。當對一個人有那樣濃烈的情感時，實實在在會為了無法與她多相處一點而心生遺憾；甚至，會因為那樣緊密的關係可能在未來出現裂縫，而不由自主深深擔憂起來。我最近常問妻子的是，萬一女兒九月去上幼稚園後，有了自己的朋友就不理我們了怎麼辦？萬一她長大後考上外縣市的學校，妳要讓她去念嗎？萬一她以後要嫁給外國人……這樣一直問到自己都大笑起來為止。

愛之所以與煩惱共生，主要而言是因為情感的牽繫，使得生命負載了太多不必要的擔憂、恐懼與無法割捨的眷戀，當這些事與現實生活產生衝突時，問題便橫亙在彼此的心中。電影中，大男孩想起了那些玩具為他的童年帶來了無限的歡樂與夢想，一時間便不忍將玩具送給鄰居小女孩，但又不能將它們帶往自己未來的生活，一時頗費躊躇。而一隻玩具熊也因無法接受它的主人移情於其他玩具，終於扭曲自我而走上「歧途」。也許這些「愛」，都只是一種「私情」，而非真正的大愛。

愛要能超越煩惱，必先排除「占有」的欲望與「回饋」的期待，並且要對人世的無常有一些通達的認識以及真心的接納。不過，這些畢竟是很不容易的事，所以在還沒有這般境界之前，我仍然須接受這種幸福的煩惱對生命的小小囓咬。這讓我想起了大詩人徐志摩的名句：

你我相逢在黑夜的海上
你有你的，我有我的方向
你記得也好，最好你忘掉
在這交會時互放的光亮

為了成就對方未來的幸福，便勸對方遺忘了自己的愛，這樣無私的胸懷更加呈顯此情此心的宏偉高華。只是那些市儈的美國人，專門把這種「交會時互放的光亮」拍成電影來「賺人熱淚」，看多了以後，不免讓我們誤以為這種愛虛幻不實，只是戲裡才有的；慢慢遺忘了在我們心中原也有這樣的一份光亮，可以讓自己的小世界沐浴在那永恆的光亮中。

聊天

一壺濁酒喜相逢，古今多少事，都付笑談中。

為何閒談要稱為「聊天」，這大概很難考證。我猜因為「天」是遙遠的、空闊的，且虛實不定，很像閒談的內容和狀態。

人類是最愛說話的動物，整天講個不休。白天面對面講，晚上電話對電話講，還講不夠，網路上有「聊天室」、「聊天系統」等，話真是永遠說不完。市面上還有擔心人不會聊天的種種指導書籍，電視開了不少專門聊天的節目，各種名嘴和大嫂團專門聊給別人聽……。如果廢話可以回收當燃料，世界就不會有石油危機了。

孔子最不喜歡「群居終日，言不及義」的行為，可見幾個人沒事坐在一起胡扯，在先秦時代就很多。不過考察《論語》，這部「語錄」本身就是對話的記載，裡面的人「群居終日」是肯定的，但因他們大多討論政教問題，所以應當屬於

「義」的一部分而未遭到反對吧。

後來這個「義」字加上了「言」成了「議」字，至東漢而產生了「清議」之風，就是師生課餘閒談，主要討論朝政，月旦人物。士人在言論間互相推崇高標名節，並痛詆朝中宦官掌權的種種惡狀，後來竟釀成了「黨錮之禍」，參與清議的士人慘遭屠戮，可見禍從口出。懼禍之餘，談風未能稍減，只是改了主題，成為「清談」，竹林七賢之流就專講些無關現實的老莊玄學，看似「言不及義」，但這種風氣卻暗暗反映了時代的黑暗與讀書人的無奈。

「談話會」可以分為兩種，一是有個主題性的議論，參與的人各依專長提出見解，不過這類討論最後終究定是沒有任何結論的。另一類是話家常，就不限主題、沒有規範地亂講，最後必然變成說人不是、流長蜚短的淵藪。人類為何喜歡高談闊論或講人是非？我想無非是藉此來驗證自我的高明或造成一種團體的緊密感。甲對乙說丙的不是，顯然甲在道德或智慧上高於丙，乙欣然同意，可見乙對甲的認同感及友誼高於丙。所謂的「黨」，大約就是這麼一回事。所以自古有「黨爭」、「黨禍」，所爭者到底不是「義」的問題，而是我高於你還是你高於我的意氣之爭而已。

聊天看似毫無意義，只是徒然地浪費生命而已，但也不盡然。異族統治的金朝後期，「談辯」之風很盛，狀元王鶚就說自己「玉堂東觀，側耳高論，日夕獲益實多」，可見聊天漫談也是可以有內容、有提升的。依我個人的經驗，有內涵的聊天決定於參與者的品性、學識與反應。有品性者，便不落入歪曲事實、道人是非的無聊狀態；有學識者，便能引經據典、字字珠璣，透過三言兩語使人茅塞頓開；反應快者，一語解頤，增添了漫話的機趣和互動性，讓思想語言成為高度的藝術表演，讓人竟日不倦。有這樣的人一起聊天，足以寫成一部《拊掌集》、《解頤篇》或《快哉錄》。

不過最引人入勝的聊天，往往是隨機發生的，「偶然值林叟，談笑無還期」、「一壺濁酒喜相逢，古今多少事，都付笑談中」，雖然也是言不及義，但給人高妙之感，人生在奮鬥以外或也可容許一些無所用心，或者說，真正的「道」，是要在無所用心處才能清澈明鑒的。「因過竹院逢僧話，又得浮生半日閒」，人的一生本來就是漂浮而無定的，閒適與功業、論道與聊天，在所謂的「浮生」裡，應該也可以等量齊觀吧。

Say Goodbye To The Crowded Paradise

她的名字叫蘇珊，年輕又無悔
潰散的眼瞳，彷彿在數說我們不夠堅定的感情

——陳昇〈凡人的告白書〉

情歌是為了青春而存在，還是為了追憶青春而存在？

有時我覺得所謂人生，不過就是對青春的無限緬懷，甚至可以說人生只不過是窮畢生之力企圖還原一次無心錯過的青春而已。因此青春就像一枚指印，祕密地蓋滿當下生活，當我們順著其中細緻的紋理慢慢尋索，那麼我們將看見存活在日子裡的點點滴滴，似乎都是為了追撫某種曾經的情懷，或是悼念已然溘逝純真年代。倘若有一天心情已不能被大多數為青春所寫的情歌感動，那麼生活無可避免地將有一些淡淡的寂寞。

由地面仰視摩天輪複雜的結構，耳邊似乎響起陳昇在十幾年前略帶蒼茫的歌聲：

一輩子能夠遭遇多少個春天，
多情的人他們怎會了解一生愛過就一回
沸騰的都市盲目的感情
Say goodbye to the crowded paradise

樂園總是擁擠，旋轉木馬的鈴聲清脆，冰淇淋車的歌聲甜美，還有那多彩的氣球像童年的願望，焦糖爆米花溫暖的香氣如回憶初戀。多少戀人的儷影來到擁擠的樂園，藉著孩童的天真來訴說感情的純潔；而又有多少遊客，其實是來回憶那如水東流的往日，憑弔昨天浪漫無邪的自我？

自從巨大的摩天輪為城市矗立起一方新風景，不免感傷「喚起對滿懷憧憬的青春的回憶」也成了一種商品。這尊高一百米，直徑七十米的摩天輪，據說是仿日本東京台場的摩天輪製成，只是size略小一號；一次輪迴所需約十七分鐘，商人為其命名曰「十七分鐘的幸福」。從某種意義上來說，臺灣人對於「幸福」一事的確切感，可能大多來自於日本偶像劇，因此這尊摩天輪，不僅複製了東京台場摩天輪的外形，其實也試圖移植偶像劇裡過度浪漫的精神主題，以及臺灣人從未認真思考過其內涵與型態究竟為何的所謂幸福。說來悲哀，我們活在一個連浪漫與想像都需要進口的社會；不過深信「消費就能得到幸福」這件事，雖然只有短短的十幾分鐘，但從某種意義上來說，這也未嘗不是一種幸福。

　　究竟是悲哀還是幸福，坐在車廂裡眺覽北市窳陋風光的遊客大約不去理會這樣無聊的問題。在這個片刻裡，隨著車廂的緩升，且以一個孩童的心情寬容世界的所有雜質，且以一種稚拙的眼光來審度眼底這個灰暗的世界，用一點想像力回到萬物皆美的天真情境。或是試著感受在半空中接吻的青澀戀愛，藉以懷想遠去的青春，那首遙遠而依稀的情歌……。但這一切在漸晚的冬意中卻讓人疲倦，那些像雨水一樣清冷、像蜿蜒在黃昏的河那樣悲傷遠去的青春，似乎不該以這樣的方式被消費掉，或許該找一臺舊式的點唱機，隨銀幣滾落出陳昇寂寞的歌，並輕輕打拍子：

一段情可以忍受多少的考驗
有人找到他自己的答案當他不需要愛情
流行的都市不安的情感

Say goodbye to the crowded paradise
Say goodbye to the crowded paradise

圓山兒童樂園裡那臺小小的摩天輪，已經隨著「樂園」的結束而除役停駛，最初觀望世界的方式便這麼安詳地告別了現實人生。在不知不覺中輕易失去的純真觀點，就好像經歷過了不夠堅定的感情，情歌便不再動人，「失樂園」的中年人，在這樣繞了一圈回到原地後，歡樂的人潮與某種賣場特有的鬱窒氣息撲面而來，這時無論是想起童年的樂園或是初戀什麼的，一些淡淡的寂寞總是難免的。

秋來相顧

秋來相顧尚飄蓬，未就丹砂愧葛洪。
痛飲狂歌空度日，飛揚跋扈為誰雄？

——杜甫〈贈李白〉

週末的夜晚，在一〇一購物中心內部自上往下俯瞰，通明的燈火映照在粗大光滑的石柱及晶潔的地板上，衣香鬢影，笑語喧譁。凝望良久，彷彿進入一種無聲無覺的疏離狀態，套用陳腔濫調的文學術語，周遭的光影膚觸，魔幻而寫實。若以宗教的概念來闡釋，眼前一切均屬妄念所營構的五色樓臺、散花天女，是如露如電的夢幻泡影；或以童話的記憶來比喻，灰姑娘初遇王子的那個場景大約庶幾如此。但我喜歡站在這裡泛覽人間並胡思亂想，專櫃的櫥窗裡一邊是秋裝New Arrival，一邊是夏季五折的清售，提著路易士威登的名媛，背著Coach、Dior或Burberry的少女，像優游的魚穿梭在水晶宮裡，人人都洋溢著那幸福的閃電告訴我的幸福。

粉妝玉琢的臺北市很適合年輕單身的女性。百貨公司的樓層中專屬男性的不及女性的三分之一，大部分在折扣特價的也以女性商品居多，那些氣質素雅的茶店，調性溫暖的餐廳，也好像專為年輕女性設計一般，連捷運站都有婦女候車專區。我所認識的年輕女性在臺北的生活頗令人嚮往，工作當然也有困頓辛苦之處，但她們不需要靠蠻牛或保力達來恢復元氣，她們懂得在小吃街點一盅四物人參雞湯滋養補益，或是藉由奇異的花草茶養顏美容，甚至可以在PUB無害的酒精中得到小小的放縱以舒緩壓力。假日來臨，乾淨的風格茶店或高級餐廳便會出現她們的儷影，她們喜歡在柑橘甜香的紅茶與夢幻精緻的蛋糕間交流心事並感嘆人生。她們經常相約登山或一起練瑜伽，並定時在健身俱樂部完成一場汗水淋漓的有氧運動以驅除工作與生活的積鬱，然後以遠古而神祕的芳香精油，昇華肉體成為一種靈修的清空狀態。她們大方地交換生活情報，哪裡的美髮沙龍設計師又帥技術又好，哪裡又有名牌的Outlet……，總之，以「多采多姿」這樣俗套的形容詞來表現她們生活之豐富大抵沒錯。

年輕而單身的女性並非物欲，在誠品、在Page One總能遇見她們，也許她正在規畫一次北非的自助旅行，也許她突然對中古歐洲的歷史發生興趣，或者她正打算重新裝潢自己的小公寓或是換一輛車，她可以輕易地得到這些資訊並享有其中的樂趣，當然，她們也會順便買一本王文華的新書或英文版的《哈利波特》，如果適巧得到不錯的活動資訊，也許在明天的易經講堂或國家音樂廳的大提琴演奏會上，又會遇見她們。

自信而怡然的年輕單身女性，以她們的品味與才幹悄悄改變了臺北的某些風貌，那些器皿必須更細緻、那些服務必須更體貼；城市有時因為她們而嫵媚、有時因為她們而自由。她們並不排斥深深的戀愛或一個溫暖的家庭，開Lexus的丈夫鬍子刮得乾淨而Bally西裝雅致；上雙語學校的小孩英文流暢而繪畫富於夢想；廚房是全套的德式自動化配備，寢室隨著床單的色調散發著時而法國、時而義大利的風情。

可惜大學時邀她們去陽明山賞花的學長皆已家業兩成，發福且微禿；聯誼時玩得愉快卻慢慢消失的男孩如今多為業務忙得焦頭爛額，發出酸味的男人一身是病之餘，假日只對三C賣場的Show girl或林志玲產生幻想。而那位當年因為女生出國念書男生入伍當兵而分手的情人，偶然在機場重逢，才知他已經在上海開了店、落了戶、生了根——「君若到時秋已半，西風門巷柳蕭蕭」。

彼此祝福或互留e-mail後，年輕的單身女性回到粉雕玉琢的臺北，繼續縱橫職場，繼續漫遊生活，並在週末的一〇一（一個現代的天上人間）與我擦身而過。

故侯瓜，先生柳

路旁時買故侯瓜，門前學種先生柳。

我在學校裡雖然搞點杜甫研究，其實心裡很喜歡王維，兒時在《唐詩三百首》裡讀到一位少年時代便「一劍曾當百萬師」的小英雄，中年以後竟然被朝廷棄置，成為一個憂悒的老人，「路旁時買故侯瓜，門前學種先生柳」，將生命淡泊成一片古廟的寒鐘，一抹陋巷的殘陽，我心中嘆息連連，很為他抱不平。所幸後來國家有難，朝廷震恐，皇帝才想起了這位老將，「節使三河募年少，詔書五道出將軍」，他的生命便有了風起雲湧的轉折。詩的最後沒說他成功了沒，但我心中是盼望他射將建勳的。

前幾天在微風超市買了幾條山苦瓜，忽然想到這篇〈老將行〉。

山苦瓜碧綠玲瓏，一條只有半個手掌大，表皮凹凸嶙峋，櫛次成文，素雅而脫略凡相，靈秀之外頗有風骨，就像它的名字，「山」若有隱逸的氣象，而「苦」則是歷經了人生無數波瀾後，所領略的人間況味。在繁華如夢的物質社會裡，能偶然得到這樣素樸這樣可愛的瓜果，實是慶幸。回家後賞玩半日，捨不得喫掉它。

據說秦朝亡後，東陵侯召平種瓜於長安東門，人賢瓜甜，傳為美談，李白〈古風〉：「青門種瓜人，舊日東陵侯」，詩中不免有懷才不遇，萬事悠悠的感慨。但這畢竟是封建時代的文士懷抱。其實能在擾攘的亂世，學陶淵明荷一把鋤頭，飲一盅濁酒；學范石湖「已插棘針樊筍徑，更鋪漁網蓋櫻桃」，在年年的豆莢榆蔭、歲歲的瓜熟蒂落中飽嘗大地的豐潤，眼看世事如滄海如桑田如烈火如輕煙，這樣的人生可能更接近我們心底的幸福。

幸福的青鳥多從寧靜的黃昏飛來，又向白晝的喧囂隱沒，牠的歌是無言的神祕，只停駐在緘默的心中。我將山苦瓜置在大瓷碗裡，眼看暮色占滿家中，斗室成為一幅欲言又止的油畫，像睡蓮慢慢闔起她的指瓣，世界被包含在我的澈悟裡，不再紛紛。

再次翻開王維的〈老將行〉，重綰百萬雄師兵符的將軍能否功成似乎已無關宏旨了，我猜金甲長劍的老英雄，在故侯瓜與先生柳的生涯中必然對勳業對行藏有了更深的了悟。我們這個時代之所以這樣急切、這樣在乎；我慢慢覺得，大唐盛世背後，那種甘於微苦的恬適，淡泊平凡的心跡——就像山苦瓜所蘊含的心事，而這彷彿正是我輩中人所最欠缺的。

輯三　花間一壺酒

興，味

若能杯水如名淡，應信村茶比酒香。

求興

「興」是古典詩學裡最重要，也是最神祕難以解釋的東西。它可以是一種手法，如排在詩六藝最末的「賦比興」；它也可以是一種被表現的主體，代表著人生在某些狀態下所產生的情趣，如「雜興」、「感興」等。

「興酣落筆搖五嶽，詩成嘯傲凌滄州」，這是唐詩的可愛，也是漢賦或桐城派之所以寡味之處。較之於「賦」和「比」兩門藝術，「興」帶有更多主觀的色彩，因此最為動人。近代學者多將「興」義為聯想，即是當詩人以感官知覺了某物，而在瞬間觸動他對另一事物的懷念或感傷，例如有人看見了水邊恩愛的禽侶，便思念起夢中的佳人，這便是最原始的「興」。「興」的過程因人而異，但不變的是能夠產生「興」的人，必然有一份純潔的感情，以無邪之思對自我、對情人、對家國、對生命有著一份超乎於現實功利的追尋。昭明太子將它解釋之為「事出於沉思」。沉思固然不錯，但有時「興」不必求於沉思，而是剎那的靈感，所謂「佳思忽來，書能下酒；俠情一往，雲可贈人」，如果沉思起來，拿書下酒未免奇怪，以雲贈人更屬無稽。但那「興」來的剎那，一切卻都是合理允許的，因為「興」是心靈的一道風帆，能夠將思緒載離平凡的現實，進入純美的大空。

凡是好作品都在表現興趣，此即禪詩家所說「羚羊挂角，無跡可尋」的境界。同樣登山，王摩詰在生涯與山林的絕境，剎那詩思紛飛，了悟了世事化境不過如此，因詠詩云：「行到水窮處，坐看雲起時。」這不過是白描行跡所見與自我的動作罷了，但既然寫入了詩裡，即暗示了此刻的山水白雲已非真實自然的山水白雲，而有了一層人生想像的主觀色彩，倘若不從其興趣體會，非要誅求於背景故實、典章格律，無論如何透澈，終究是一牆之隔。又如杜工部流寓夔蜀，西風忽來，撫念今昔，一氣揮毫〈秋興〉八首，長安往事、江湖夜雨，都零落成飛白的詩句，那便是「興」的皓月孤峰，不能摹擬也不能重尋的藝術之巔。

除了文學或藝術感發，我以為「興」更當是人生的態度，拾華憶舊、聞曲惆悵，在點點滴滴的生活裡透視生命的隱喻，追撫深刻的永恆。儘管廛市擁擾而現實煩囂，若能隨興感觸，在一啄一飲間品嘗靜靜沉澱的悲欣，遙想青春的故國、蒼茫的當年，人生便自有一番迥然況味。倘能隨興所至，放肆物外，視大化萬物不過野馬塵埃，「斷送一生惟有酒，尋思百計不如閑」雖然略顯頹唐，但較諸於奔忙而碌碌的人生，似乎如斯才得真正的逍遙。

因此我總以為欣賞陶淵明不必羨慕那樣的田園詩書之樂，喜愛杜甫也不用一定忠君愛民、詩聖詩史。他們於舉止間傳達之自在；在尋常裡引發的喟嘆，皆是「興」的最好詮釋，是詩藝與人生最素樸而高華的境界。

尋味

《哈利波特》盛行以後，有時看到重播的電影，不免想到詩人羅智成的特妙之語：

像醺然的術士
用活生生的字句

熬製香味四溢的羹湯
是不是詩不要緊
我追求的是美味、營養

文學與所有藝術，在創作過程與品味時刻，與一道佳餚的完成與品嘗其實是相當類似的。或者也可以反過來說，烹調之道本身就是一門藝術實踐的過程，其理與任何形式的創作，無有不同。因此「飲食文學」是一個耐人尋味的意象，它不僅是以文字傳達味蕾的舞蹈、齒牙的協奏，它更是從文化的意義上表現人類的欲求與失落。

氣候、水文、土壤決定了物產，也決定了生活的意象與歷史的傳統，蘇軾「日啖荔枝三百顆，不辭長做嶺南人」，這是久居溫帶的士人豪語，設想獦獠惠能祖師，恐怕便無此懸念。民族性與社會的變革，也深深影響了飲食文化，繁文縟節的法國餐表現了法蘭西講究派頭的、不厭精細的藝術執著；較諸因應工業時代追求時效而誕生的美國速食，那正是燕雀安知鴻鵠志了。

飲食文化是這樣多元而豐富，因此經常成為文學作品描寫、表現或寄託的目標。有時作家藉著飲食暗示人物身分，如《臺北人》裡面尹雪豔所準備的金銀腿、貴妃雞與雞湯銀絲麵；便表現了與眷村除夕夜大啖毛肚與羊肉片子的軍旅階級是截然兩種世界；《紅樓夢》裡劉姥姥對「茄鮝」的驚嘆，也點染出貴族生活的豪奢，為小說主題繁華虛幻的人生辯證埋下了伏筆。

飲食在文學作品中經常是巧妙的譬喻，《老子》有「治大國如烹小鮮」的妙喻，表現了清靜無為方不擾民的政治思想；《莊子》則藉由一庖丁的藝術世界，說明了善保本性以求全真的養生之道。日本導演伊丹十三在《蒲公英》一片中，視烹煮一碗拉麵為求道的過程，須歷盡滄桑方能登臨那絕妙的美味；法國電影《芭比的盛宴》則是透過飲食闡述了基督教博愛和平的寬容精神。

在當代，隨著經濟的發展，消費能力大幅提升，對於飲食品味與鑑賞的要求也相對嚴苛。談器皿、論廚藝、道食材、品醇酒等專門著作如雨後春筍，正表現了資本主義的供需結構與浮華心態。但我特別懷念早期梁實秋、唐魯孫等博於掌故的飲食小品文，字裡行間或是漫談一道久違的下酒小菜，或是追憶記憶裡逐漸朦朧的酒樓，乃至於藉一杯苦茶懷念一位故人，從一根煙管嘲笑一個荒唐的年代……。素樸之中，反見那廝磨生命的毛邊是如此清晰，那真是生活的品味，而無涉於紙醉金迷的堆砌。在文學的世界裡，許多大家偶然論及飲食的小品都令人回味再三：流落蜀地的杜甫從一籃紅潤的櫻桃回顧帝國盛世的滋味，而嘗出了眼前滄桑的幾許酸楚；

汪曾祺從「慈菇」這個小菜，引伸出了「品」的問題，清淡之中自有雋永，文學藝術所追求的真味，彷彿便是如此。

時代日變，新的食材、新的方法、新的觀念隨時都在改變飲食的風貌，養生的有機食品似乎傳達了現代人對文明的戒慎恐懼，懷舊的食物料理似也說明了每個人心中，對逝去的過往總有一分無端的懸念；訴求窈窕的飲料大肆攻占女性市場，與強調「明天的氣力」的提神藥酒則以男性為主要消費者形成了強烈的對比，這是不是說明了社會的結構與分工，暗示了兩性的追求差異？而西方飲食觀的普及似乎也改變了東方的倫理，速食店裡不分長幼尊卑一律排隊也算新的平等，自食其分不再濡沫勸菜則是新的自由；在吃飯過程中，主體以刀叉深深介入客體，相較於主體透過筷子「交通」客體的飲食方式，象徵著迴然不同的天人意義……。這新的一切饒富深意，也有待文學來書寫來進一步地詮釋其奧。

辛棄疾云：「味無味處求吾樂」，那是他超越得失的達觀。其實世界無處不有滋味，端視如何品嘗而已：「若能杯水如名淡，應信村茶比酒香」，飲食、文學乃至於人生，也許都可以這樣品嘗。

火車和橘子

輪迴是何等遼闊，而生命是何等渺小。

一位要去遠處幫傭的十四歲女孩，衣衫襤褸，面容慘澹，手上臉上滿是凍瘡，她拿著三等車廂的火車票卻搞不清楚狀況，糊裡糊塗地跑到頭等艙來。不管煤煙與寒冷，她奮力拉開厚重的玻璃窗，旁邊的富家青年正想斥責她，卻發現她只為了在火車行過小村落時，把懷中五、六個「染著陽光般溫暖顏色的橘子」，拋向等在鐵路旁為她送行的年幼弟弟們……。

這是小說家芥川龍之介發表在一九一九年的作品，我一直覺得，小說中那個冷眼旁觀，先是對女孩滿懷鄙夷，爾後卻另眼相看的青年，其實就是芥川自己。

我不喜歡在假日早起趕火車，意識迷濛地擠在人潮擁攘中，空氣窒悶而潮濕，我幾乎想借用芥川那方白手帕來摀住口鼻了。在座位上怔忡許久，直到列車竄出地底，一抹金黃的朝陽透入車窗，我才恍然回神過來，旅途就順著鐵軌慢慢展開了。

火車穿過水塘與田野，也奔馳過小小的市鎮，也許是星期日的清晨，車廂內雖然擁擠，但小鎮的街上卻十分空蕩，那些瓦斯行、機車買賣、內兒科診所、西服號、卡拉ＯＫ……，好像還沉睡在他們安詳的夢裡，眼睛的鐵捲門還沒有拉起來，今天不一定做生意，是可以多賴一下床的日子。「那是多麼靜謐的一個世界啊！」我在心中感嘆著，竟莫名地想起芥川這個小故事，我猜那被拋向孩子們的，也許是被我們現在稱為「蜜柑」的那種小小黃黃的果實，皮薄而緊實。我不知道那些蜜柑摔壞沒有，三個弟弟當下所分享的，是獲得珍果的喜悅，還是也明白了一些將要遠行受苦的姊姊心中那份捨不下情感。

而誰會永遠記住這種滋味呢？

與一個還沒睡醒的小鎮擦肩而過，我深深覺得這是多麼浪漫而又多麼遺憾的一件事。現代人受限於時間壓力與人情世故，只能孤絕地活在自我的苦悶中；「行止匆匆」讓我們顯得無情又無欲，好像活著只為了遠方。然生命的微小片段每一刻都和世界輕輕擦撞，我多麼想探知，那些行過的陌生地，究竟潛藏著什麼心事，包蘊了如何的內涵？愛蜜莉．狄瑾蓀（Emily Dickinson）的詩說：

一顆露珠就滿足了自己，
也滿足了一葉小草。
而且感覺：輪迴是何等遼闊，
而生命是何等渺小！

在日日的相逢與錯過中，那瞬間的緣起緣滅似乎毫無意義，但若深切地去體會恆存於生活周遭的一個動作、一股氣息、一脈眼神或一片光影，許多滋味便如少女奮力拋出的蜜柑，有著無可言說的滄桑。而我們或許能在窺見他者人生一鱗半爪的剎那，懂得一些更複雜的情感與價值，正如草葉上的露珠，圓滿無私地映照了大千世界，進而知覺了「輪迴是何等遼闊，而生命是何等渺小」，心中的驕傲、孤獨與自戀，也就輕輕放下了。

神馳於火車上，一幕又一幕的風景飛逝，啃著十分甜膩的麵包，突然也很想嘗嘗小說中，染著陽光般溫暖顏色的橘子。火車穿出山洞，遠處的小丘陵綠草如茵，真是風日甜美的假日啊！我想，如果是幼稚的我站在一個命運必經的轉彎路口，列車隆隆駛過，我又該用什麼情懷，去接住姊姊從她的故事裡拋來的蜜柑呢？

高尚的心

在需要心的地方
請放上一塊石頭

關於《愛的教育》這本書，我必須提到我的大姊。從小她別的事都沒什麼，就是酷愛看書，她比我大六歲，平常不太理我，一副高深莫測的樣子，我們家裡的童書差不多都是她買的。據母親說，大約是小學五年級的時候，不知上著什麼課，大姊低著頭自顧自地讀著藏在桌子下的《愛的教育》，這理所當然被老師發現了，老師責備她一頓並沒收了那本書，我總猜想，她的老師會翻翻那本沒收來的書嗎，看了會作何感想呢？

聽聞這件事，也是我大約五或六年級的暑假，母親看我在看《愛的教育》便說起了這段往事，那時大姊已是高中生了。當時我覺得這本書並不好看，內容就是小四生「安利柯」一年的日記，沒有高潮，頗為沉悶。尤其是夏丏尊的譯文在許多名詞上完全與現代脫節，小學生讀起來常摸不著頭緒，但我還是很勉力地看完全書，因為我不想輸給大姊，同時很想知道究竟是哪一段那麼好看，可以讓她拚著被老師責罰也無論如何要讀下去。時移事往，童年的閱讀感受早已遠去，最近重新在網路上買了一本北京理工大學出版的《愛的教育》，一樣是夏丏尊所譯，愈讀愈無法釋手，真正地發現了這本書的趣味。

《愛的教育》是義大利亞米契斯（Edemondo De Amicis）在一八六八年出版的作品，裡面國家主義的情懷很濃厚，大約反映了作者那個時代的民族困境，而夏丏尊的譯文現在讀來反而覺得特別有十九世紀的風情。不過這本書真正的內涵在於如何在生活細節裡，「潛移默化」一個質樸孩子成為一個心性高尚的君子。博愛的胸懷、犧牲自我的精神、寬容與體諒、熱情與進取、對人的敬與愛，這些崇高宏偉的美德，都可以展現在一個一個不經意的小故事中，而且是那樣的活潑生動。文學藝術固然不能只是自我定位在宣揚道德的載體而已，但《愛的教育》用一個純真的孩子心靈，揭示了所謂的道德乃是源於人性最根本的情感，高尚心靈所自然流露的，必是帶著感情的道德行為。

一邊讀《愛的教育》，一邊想到的是自己的受教過程與目前的教學工作。

臺灣教改多年，從小學到大學，從教師養成到教材製作發行，專家者鉅細靡遺地針對方方面面提出更良善的制度，然而落實到教育現場，能說成功的政策大概沒有幾項。其實制度的良窳固然重要，但是「心」的問題更是教育成敗的關鍵。我們為何要受教育，我們究竟希望自己成為什麼樣的人？哪一種價值與理想是我們真心的渴求？而一個從事教育工作的人，又應該以怎樣的心情來面對這份工作？當必須取捨的時候，什麼是可以犧牲，什麼是不能犧牲的？

《愛的教育》原書名是*Cuore*，意思就是「心」，「心」應該是一種靈魂深處，最純潔的嚮往與追尋吧。我曾經擁有過那樣的「心」嗎？那樣的「心」漸漸失去了嗎？整個時代都成了這樣的詩行：

在需要心的地方
請放上一塊石頭

——顧城〈答宴〉

我明白我的「心」也被某個什麼東西給沒收了，藏在一個塵封的抽屜裡。然我不是一個好老師，在我的課堂上，也有隨意讀著其他書的同學，有的是《暮光之城》、有的是《中國哲學十九講》、有的是*ELLE*或*C++*等，我常不願打斷他們的興致，因為比起我空疏的詩學漫談，也許他們的書裡正處在一個緊要關頭也不一定，我不要阻斷那些以夢為馬的神馳，那是人生最可貴的瞬間。

在炎熱的暑假重讀《愛的教育》，人生得失無常，我想起所有的生命最初都是一顆跳動的心，那應該是生命最簡單，也最高尚的時刻吧。

黃昏的風裡

沉思往事立殘陽

夏天的白晝很長，黃昏的那一段時光好像是上天特別附贈的禮物，讓人覺得格外美好。炎熱的暑氣退去，欲雨的悶熱消失，天空明淨遼闊，晚雲混合著夕陽濃鬱的霞光，為城市所有的尖頂鋪展最神奇的背景，讓有所眷戀的人心中充滿無言的回憶，「沉思往事立殘陽」，大約這樣的意象和情懷吧。

不知多少年前，有個打動我心的電視廣告就是以一個黃昏的海邊車站為背景，一群歡樂的年輕人嘻笑著、雀躍著、追逐著一輛遠去的巴士，留下滿地寂寞……。我曾經想像他們是健朗而深契的朋友，白天已經歷了一場歡樂的夏日海灘之旅，要迎接他們的又是多麼旖旎的夜晚、多麼燦亮的未來，人生是這麼快樂光明啊，多令人嚮往。我很想飛到那個黃昏裡，也想擁有那種友誼與歡樂。當然，後來我也經歷了許多同樣青春奔放的日子，以及一些甜蜜浪漫的「人約黃昏後」，整個城市好像為了某種期待與悸動的心，緩緩亮起一盞盞半明的燈，情人的眼中，永遠燈火輝煌。然這一切就像那班過站的巴士，現在的我是無論如何都追趕不上了。

現在，能於夏日的黃昏裡做一次漫無目的的散步是美好的，儘管市街喧囂，行人匆匆，但仔細品味每日走過的巷弄，在柔和的晚風裡，在金黃的餘暉中，暗紅的磚牆如此沉靜，從裡面伸出的碧綠芭蕉葉，招展成了夏日特有的詩韻，像每一個幽深的故事裡那個無心的開始。夜幕低垂的前一刻，一切都變得恍惚了起來，蕩漾在心底的情懷也產生了微妙變化。

瑞典兒童文學作家阿緹斯．林格倫（Astrid Lindgren）就是利用了這樣的瞬間寫了《黃昏國度》這個動人的作品，可能永遠不能走路的小男孩「優然」在黃昏初臨，到夜晚降下前母親來幫他打開室燈的這一段時間裡，隨著「百合掃帚先生」飛翔在斯德哥爾摩的天空，完成他所有平常不可能完成的心願。林格倫把黃昏那虛幻卻真切、朦朧而神祕的氛圍寫得楚楚動人，表現了孩童世界裡清澄如水的憂悒，那就是黃昏所獨有的感覺吧！

現在，我總是在五點半左右，牽著女兒在附近隨意走走，有時到鄰近的學校看看做運動的人，有時去超市買些廚房紙巾回來，有時走到生態公園去聽聽蟬聲，但大多數的時候並沒有什麼特別目的。我們邊走邊聊，或許因為樹梢的貓的凝視我就編一個貓咪排隊吃大魚的故事；或許是晚雲的形狀就有了另一個兔子和綿羊的童話。大多數的時候，是回答一些無法回答的問題，例如那兩隻鳥明天會去哪裡？要怎樣才能摘到天邊那初升的新月？我和她說現在叫作「黃昏」，正是白天要把工作交給黑夜的時候，一天中此刻最是美好，我不知道她的心裡是不是也融入了一些此時的光影、氣味與感受。

暮色裡，晚風吹來，千門萬戶的廛居在殘照裡就像刻意用粗糙粒子表現的油畫，在強烈的明暗對比下充滿了意趣。我很想教她唱那首「夕陽山外山」的歌，或是背誦「夕陽無限好，只是近黃昏」的詩。但想想這些未免感傷，雖然黃昏的確是這樣幽深無際。遙遠的過去和未知的將來鎔焊在現在這個點上，在一陣黃昏的風裡，我們慢慢走回家，幾分鐘後黑夜將隱沒我們的身影——「只是風前有所思」的剎那，我想包括了我自己在內，應該沒有人會記得今天這平凡的一日，記得這個黃昏，這段散步；也不會有人記得一對父女走過這樣的夏天傍晚，以及此時此刻我心裡的所有的懷念。

花間一壺酒

天寒翠袖薄，日暮倚修竹。

華語武俠電影開山鼻祖胡金銓導演在一九七一年完成《俠女》一片時，我還沒有出生。老實說，我雖然嚮往武俠世界的濟弱鋤奸那種快意，但從來就對拍成影視的武俠片沒有好感，一來演員無論演得再怎麼賣力，但是怎麼看都不像心目中大俠的氣質。姑且不論《神鵰俠侶》中的那頭大鵰的扮相是如何之可笑，其他武俠片中的角色，扮郭靖的多只得其獃，演張無忌多只存其木，他們凜然豪情與宅心仁厚這些關鍵質素，都在影片中完全失落了。唯一比較貼合的，大概只有鄭少秋演楚留香。但是武俠影視另一問題是小說中的氣氛和想像在影劇裡很難呈現出來，因此大家都記得「楚留香」這個風流瀟灑的人物，全劇如何卻無法在觀眾心中留下餘芳。

看了重播的《俠女》，讓我終於能一睹當年這部轟動武林的佳片。雖然劇情仍不脫傳統的恩怨情仇，但片中處處可見導演的匠心。除了運鏡巧妙映帶情節、武打特技翻新炫人耳目這些常為論者提及的部分，片中布景道具也十分考究，「東廠番子」腰間那一按括機便彈出的軟劍，室內一張坐著繪畫的官帽椅，雖然出現不過幾秒鐘，但卻將觀眾的情緒很真切的導入了那個時代的想像氛圍，而不會產生一種莫名的疏離感，可見藝術作品在細節上，都應抱著莫以善小而不為的態度來進行，這同時也昭彰了作者自我要求的精神品質吧。

劇中有一段很有意思，女主角，也就是身負奇冤的「俠女」和男主角（書生顧省齋）幽會於古老廢宅。深夜中，顧生穿過荒煙蔓草，隱隱傳來古琴撥絃之聲，伴隨的是俠女吟唱李白〈月下獨酌〉的詩句：

> 花間一壺酒，獨酌無相親。舉杯邀明月，對影成三人。月既不解飲，影徒隨我身。暫伴月將影，行樂須及春。我歌月徘徊，我舞影零亂。醒時同交歡，醉後各分散。永結無情遊，相期邈雲漢。

零落的歌聲相當邃遠，編劇選了〈月下獨酌〉放在這個關鍵處，既點出了俠女的孤高，也暗示了她「多情卻似總無情」的內心，為爾後傾吐身世、報仇雪恨埋下了伏筆。而李白詩中不受拘束的自由嚮往、醒醉分合的磊落灑脫，正是江湖兒女的最佳詮釋吧。

電影雖說是一個商品，以貼近觀眾創造票房為本位，但電影也是文化，也可以容許一些人文思想，放入一些更精神性的東西。香港的《黃飛鴻》、《霍元甲》或是《葉問》等片聽說都賣座不差，但這些電影大概只能說是「武打」而不是「武俠」。黃飛鴻、霍元甲、葉問或都有一點「俠」的性格，但他們畢竟只是人世裡的一武師，以「武」來印證他們自我的理想與價值，但要達到「永結無情遊，相期邈雲漢」的人生意境，似乎還差了一點。「武」是招式的比畫，「俠」則是當代對傳統文化的夢遊，但什麼是「傳統文化」呢？不同的作者或有不同的體會，胡金銓導演用一曲〈月下獨酌〉來寄託幽獨的生命情懷，在那樣的瞬間，刀光劍影竟都顯得微不足道了。

有人認為中國傳統文化重視的是事物的質地而非形貌，「天寒翠袖薄，日暮倚修竹」的堅貞佳人，比「繡羅衣裳照暮春，蹙金孔雀銀麒麟」、「就中雲幕椒房親，賜名大國虢與秦」的麗人更讓人崇仰。在影片中，俠女一曲奏罷，回首望向天邊的一輪清月，此刻，她的身分與劍術皆已不再重要，人生能夠懂得此刻，而且能有一個同樣懂得的人就在身邊，我想，這也許就是電影《俠女》在多年後，仍讓我這異世代的觀眾有所感動的原因了。

藏書偶記

萬壑有聲含晚籟，數峰無語立斜陽。

「既耕亦已種，時還讀我書」，這是陶淵明躬耕的人生寫照，也是亂世文人的最終歸宿。放眼二十一世紀奔忙在電子聲光裡的讀書人，青青園田已化為促仄廛市，匆忙的文明只賸心中一盞孤燈，猶自照亮字裡行間的落英繽紛，當讀書成了此刻人間最後的桃花源，是歡喜，也是悲涼。

愛書必須面對藏書的問題，要享受「一卷詩書樹下涼」的文化樂趣，就得容忍書籍對我們空間的默默侵犯。那些值得藏諸名山的經典、不忍釋手的佳篇、不知在什麼情況下搬回家的鉅著……從書房的書架浩蕩而下，吞噬了書桌，占據了走道，慢慢淹沒客廳及整個人生。莊子說的沒錯：「生也有涯，知也無涯，以有涯隨無涯，殆矣！」試想以個人有限的時空，去儲藏人類無限的創造，終如爝火長夜，不可與匹。

但隨興買書的痛快，遠勝於治理書房的痛苦，試想能心滿意足地坐在群書環繞的沙發，就著熟悉的燈光喜愛的音樂汎覽流觀，任憑「看書月過樓」之荏苒，真是人生的大歡喜。也曾想好好整頓書架，將已經不看的書賣給二手書店造福同樣的愛書人，不過往往是整個下午在書堆中東翻西尋，覺得每一本書都值得珍惜，每一個字句都讓人留戀。殘破的《唐詩三百首》有小學時代的筆跡，應予存藏；舊版《鄭愁予詩集》則是搖曳在中學歲月的一盞風燈，蒼黃的書頁裡每一行都是清澈的夢；至於大學時代一次遠行時所讀完的《聽風的歌》，則是屬於初夏騷動的潮水，「一切的一切都跟回不來的過去，一點一點錯開了」，村上春樹的青春預言，當下彷若成真。這些都是不能割捨的往事，微溫的記憶總在重讀時成為一片僅賸葉脈的楓槭，依約卻也明白。

隨著書籍增加，找書困難漸生。幾次想用賴永祥的「中國圖書分類法」編排藏書，順便與妻子重溫學生時代兩人為圖書館作業的舊事，我查她抄，偶爾無心的碰觸與深深交會的眼神。但我終於還是願意冒著找不到書的風險，依憑感覺隨意上架：楊絳的《我們仨》雖屬文學創作，但與錢鍾書的《管錐編》放在一起卻讓人覺得溫暖；《何凡傳》當然要在《城南舊事》左右；唯胡蘭成的《今生今世》與《張愛玲小說集》並列架上，總讓我彷彿聽見細簌的怨懟，想想還是用《巨流河》把他們隔開了。

昔藏書家葉德輝有感於「天翻地覆之時、秦火胡灰之厄」而作《書林清話》傳諸同好，那是收藏家的狂狷。我只是在群書間啃食字句的蠹魚，透過那神祕的靜謐，與無限、與傲立在每本書中的心靈孤峰，做深長的人生密談。「萬壑有聲含晚籟，數峰無語立斜陽」，有時掩卷沉思，窗外的那一抹青山不知為何，總也低眉心事。

物情

請君為我勤斟酒，垂老心腸久已枯。

小樓一夜聽春雨的日子，總是懸念深巷底的杏花，晴窗下的分茶。世情冷暖依舊，喋喋政客嘈雜新聞，寂寞春晚的北城裡，欲尋東坡黃州聊寄須臾的清靜僧榻已不可得，茶甌香篆小簾櫳的幽然心情，可能只好在一闋小令裡閑淡成南唐北宋的晚晴了。

半陰天氣，尋著陌生的地址找到「曉芳窯」，有別於鶯歌鎮那種熱鬧喧騰的觀光色彩，曉芳窯隱藏在平凡的山麓上，綠樹石路，荒煙一縷，清靜中帶著幾分謙退，頗似尋常農家，稍不留心便即錯過。但細看其隱蔽在枝柯後的建築，頗有現代感的設計暗示了此地別有洞天。

曉芳窯室內並不大，約分三層，仿古瓷器在幽明的燈光下靜靜呼吸，冰清玉骨的青白瓷猶是熙寧年間的色澤，而天目黑瓷的曜變翎文亦閃耀著神祕的光彩。古波斯有詩云：

小壺顏色火燒雲，談笑懸河水瀉銀。
漫說陶人與陶器，孰為陶器孰陶人？

此詩或言藝人運匠心於器皿，每一件作品中皆可感受到陶人手底的柔軟與剎那靈犀相通的巧思，陶人陶器，本歸一體；然而人工製器，天工製人，陶人陶器，都是塵土而已，帶著多少缺憾偶爾來到世間的人子，在大化的眼中也只是一尊土坯而已，又怎堪以造物自居？摩挲窯中那些釉彩變異、火候差池，或是表面具有針孔的所謂遺珠之作，亦復想起了一只斷壺之歌：

寂寞凋零一斷壺，年年愁待酒家胡：
「請君為我勤斟酒，垂老心腸久已枯。」

一時竟也不忍釋手了。

香茗對坐，朦朧窗外是漸來的雨意。放眼滿室重厚罐瓶，薄脆盃盞，琳琅世界彷彿我國陶瓷史悠遠的縮影，在無限肅靜的氣氛中，特別能體會我國美學所追求的端莊儀態與雅正顏色，在我的心裡認為，這樣的美無關乎其是否為「供御」的身分，而是素樸心靈與純潔情愫的昇華，直接於江上的清風與山巔的皓月。這樣的美也必然安慰過東坡的失意和寄託過陸游的浪漫，在歲月的點點滴滴裡凝為信仰、化成生活、散做藝術。

我特別鍾愛一只小型蓋碗，圓滿穩襯的碗身十分古拙，釉色則是內斂的灰青。我想它必將伴我品味許多人間的溫涼，春晨微曦中氤氳的香氣，初夏午後蓊鬱而寂寥的清閒，乃至於無數的契闊談讌，無數的自在幽光，也許都將留存與見證在它的沉靜與飽滿之中。我們經常對手邊器物十分無情，一生中無心磕碰失手打碎的杯碗無數，憐惜多只在小小的剎那而已；然而有時我們卻也不免多情，賦予這些身外之物無限的含意與象徵，就像木心為那只得諸於古廟失諸於江水的小盂命名為「童年隨之而去」，我們的悲歡生涯裡總有幾件牽腸的事物，幾段欷歔的故事。這當是因為這些器物源於生活，而又以其本身的美感超越了生活，復因機緣偶然創造了另一種生活與回憶。

於是我們將明白了老杜晚年流寓西蜀，於裝滿櫻桃的筠籠前，為何無端追憶當年長安大明宮的玉箸金盤，那其中承載的不只是青春波浪，也不只是功業文章，而是詩人心中一去不返的煌煌盛世。而《紅樓夢》裡，妙玉嫌棄劉姥姥用過的成窯瓷杯骯髒，賈寶玉便將它轉送給姥姥的一節，我想有一天在荒村野店紡績的美人巧姐，若是重逢了那只青花鬥彩的蓋鍾，回首故園，寒食花朝的華年裡，自應有另一番的滄桑了。

大陸書的憶苦思甜

春風取花去，酬我以清陰。

近讀傅月庵談到五〇年代臺灣各家出版社將大陸禁書改頭換面後，在臺北冒險出版的軼事，讓我憶起了平時經常翻閱的《宋詩選註》。我手邊這本書林出版社在民國七十九年印行的《宋詩選註》發行人是蘇正隆先生，作者錢鍾書在前言中說：「幾年前，《圍城》曾牽累蘇先生遭受小小一場文字禍，我對他更覺感愧。」曾聽聞老師輩的學者談起當年寫論文，引述了一本大陸學者的著作，竟遭同事檢舉，警總還派人調查他「通匪」的實況。如此的文字獄在今日難以想像，當年卻很可能是身家性命的賭注，「小小一場文字禍」是雲淡風輕的劫後餘話，卻也是黑暗政治與扭曲人性的時代悲歌。

我念書的時候大陸著作已不再是違禁品，但僅有少數取得在臺出版的身分，絕大多數的大陸書缺乏上市管道，要買要看都不容易。學校圖書館中往往將這些來路不明的大陸書列為「特藏」，既不放在一般的編目中，也不輕言外借，能否在書架上偶然相逢須靠一些緣分。因此勤逛細尋成了巧遇佳人的最好辦法，而一旦碰上了，則要把握機會影印下來，不管它是六十頁還是六百頁，學生時代的韶光，許多都是在影印機前，與影印卡一頁一頁地耗盡的。我的書架上有不少這類影印成A4大小的散頁書冊，每一集都見證了當年政治與學術的悲喜，現今偶在大陸書店中看見那本原書，免不了一番滄桑之憮然。

那時大陸期刊的閱讀更是困難，要到中央圖書館（現為國家圖書館）的特藏資料室，在那翻檢每一份期刊的影印目錄，覺得似乎有用的，便填妥一張調閱單，一次好像限調閱三本，拿到刊物仔細看過，確定有用，再填寫一張影印申請單，繳清費用後一個星期取件，一張證限印六篇吧！某年夏天幾乎天天往那報到，在那寂靜而乾燥的空氣裡，沙沙地翻鈔資料，日升日落，定時進退，真有一種「做學問」的感覺。不像現下在研究室裡，一面喝茶吃便當，一面啪啪啪地連上「中國期刊網」，動動滑鼠，一篇篇不管有用無用的論文就從雷射印表機中流瀉而出，簡直就是學閥派頭。不過這卻讓我有莫名的遺憾，告別了央圖紅黃藍三色的資料夾，似乎也就告別了執著的學生時代與最淡的夏天吧。

現在大陸書籍堂而皇之地在臺販售，以其價廉物美的特質吸引讀者，臺大、師大一帶最多這類書肆，不僅環境雅潔，而且固定email最新書目以供訂購，真是春風一至，處處「生意」。幾家大型書店的開幕，徹底改變了從前委由香港書屋訂書、託人在大陸代購或飢不擇食、見到就買的購書情況，在明亮寬敞還有茶水供應的大陸書店中，實不免憶苦思甜一番，這樣的城市新風景遲到多年，該感嘆的不知是政治的荒唐，還是人性的滑稽？

新式的大陸書店林立街頭，我卻懷念起數十年前一位擺地攤賣大陸書的老人家，他狹小陳舊的攤子在新生南路臺大對面，灰撲撲的書籍，卻站滿面容安靜的讀書人。追求真知實是人類高貴尊嚴的一部分，本不容侵犯與剝奪，而那個小書攤正是時代的寫照，最有況味的人間風華。這幾年早已不見他的蹤跡，不知是否告老還鄉去也，我還記得最後跟老人家買的一套書是齊魯書社出版的《中國古典戲曲序跋彙編》，那真是好書。如今抱著各式甫出版的簡字書刊經過那一帶的騎樓，總是想起了暮色中白髮佝僂的背影，與一個非常寂寞且素樸的求知時代。

無一語，答秋光

紅萸白菊渾無恙，只是風前有所思。

1

晴陽微溫，從繁密的紫藤葉隙滲透而下，秋天正用詩意的手指輕輕彈奏城市，盈盈綠意隔絕了擾攘，正是宋詞裡茶甌香篆小簾櫳閑適之意。有時為了躲避喧囂，我會繞過永康公園，穿進樸素的巷弄，找到那綠竹迎人的小院，在古拙的客廳飲著何先生初沏的熱茶，有時是碧螺春嫩綠的水色與雨後清香；有時是高山茶靈妙的幽馨。若有似無的古琴像從遙遠的年歲裡傳來，又消失在凝神的剎那中。一切都幽涼而沉默，秋陽漫入紗窗，白瓷盆裡清淨的細砂與幾乎透明的小魚彷彿靜止，在片刻的凝定裡，世界的變動不居才真實了起來，對坐的，正是纖塵不染的秋颸。

古人在茶裡得到安靜，在靜中明白人生，山巔涯涘的清瓢寒甕，竹林松下的活火輕煙，當人生所在乎的只賸碗中的微甜淡苦，那無非已是秋月玲瓏的超然了。可惜在城市生活的匆促裡，人人被驅迫著在乎下一站的風景，因此永遠是一個風塵僕僕的行者，向曠邈的前程舉步維艱。

每當我坐在「冶堂」一盃茶的氤氳裡，似能淺嘗生命的清涼，座中對聯是這樣寫的：「校書長愛階前月，品畫微聞座右香。」人生每一個小小的意境無不充滿沉思的喜悅。汪老師的字、何先生的茶似乎提醒我該駐足於此刻，否則不免辜負那紫藤葉隙染綠我衣的淡淡秋光。

2

優雅總帶著一些輕盈，一些纖細，Maussac給我的感覺就是如此。那絕非粗糙的原木、火藍的浪或堅冰的石岩所能造成的美感，雖然它們在自然中也可以帶來許多美的聯想。素白清雅的瓷盞、觸感良好的桌布，玻璃罐或瓷罈裡手工精細的茶葉，倏忽之暗香，幽微燈火，午後的一碗紅茶是木槿淡紫色的沉思，是在樂音聲中細細流逝的秋之符音。

中國茶有時深沉太過，一味棄世隱者洞達後的苦澀；西式紅茶則耽於甜美，屬於青春末期的唯美浪漫。前者是泠泠七絃上的風入松，後者是小提琴獨奏的泰依斯冥想曲，適合漫步，宜於輕舞。

這就像剛剛入秋的時節，碧藍的天空白雲微舒，風裡有遙遠的涼意，一年中最美好而又最易逝的韶光。那輕盈的、那纖細的秋思優雅地帶走了歡樂，把夏天的影子留給窗鏡，把人間的祕密、落花的心事留給我，沉在餘香冷飛的碗底。

3

「紗窗日落漸黃昏，金屋無人見淚痕。寂寞空庭春欲晚，梨花滿地不開門。」

這是描寫春去的詩，也描寫惆悵。有時我走過布拉格小小的院落外，花形依約、遍地落滿的緬梔花，經常就使人步入詩中的寂寞裡，如果在微雨的秋夜，那麼便有著「燈前細雨簷花落」那又淒清、又溫潤的感傷。

木質而謹慎是布拉格的一切，從院子裡高大的緬梔，房中鋼琴、吊燈與兩位主人小心翼翼的動作，有時窗外的冷雨也淡淡地肅穆了起來。咖啡強烈而飽滿，以其專制的魅力征服感官，統御黑色王國；此刻惟獨神靈自由，展翅如天馬奔飛。我喜歡在這裡躲雨，當城市黯然於風暴的前夕，燈下古舊的窗櫺、堅牢的傢私，彷彿說明溫柔卻剛貞的信仰，永恆地堅持於亂世，讓人安心。

春草的韌生是一種喜悅，喬木的搖落是無言之悲。窗前風雨正以她無聲的肅穆掃落城市一季的綠意與繁華，也許明朝又是一個半晴的秋日，那我便該重坐此處，翻開書冊，默唸「紅萸白菊渾無恙，只是風前有所思」的詞句；或許秋色總是這樣，傷於寧靜，惜於澹泊。

弈林

楚江巫峽半雲雨，清簟疏看弈棋

自小稍稍懂得了象棋運子行棋的規矩後，家長無不告誡馬路邊的棋莫看莫說莫下，棋社更是嚴禁涉足的危險場所。兒時懵懵懂懂，在夜市邊上看見一群大人圍著幾張棋盤在那指手畫腳，便總是遠遠避開，深怕一旦走近便著了什麼法術。稍長後在學校的圖書館中拾得幾部陳舊破爛的《殘局細解》、《必勝絕殺》之類的古怪棋譜，細讀之下方才明了那些看似簡單的排局，無論是「蚯蚓降龍」還是「單騎救主」，都是才智之士的心血之作，每一手都藏有數個厲害的後著，若無事先看過那曲徑通幽的解答，縱有數段棋力也難以在路燈下的棋攤子降龍救主而去。至於棋社我是上了大學才有幸光顧，那時迷上圍棋，在學長學弟的簇擁下去開開眼界。棋社裡煙霧裊裊、龍蛇難辨，儼然小小的江湖，當時對弈多需下彩，我們這種從書本裡學來的一招半式，正是那些不想爭「名人」、懶得當「國手」的弈林俠隱眼中的肥羊了。

這幾年路邊的棋攤子已極少見，不知那些馬路棋王是否已金盆洗手，歸隱山林去也。不過近來街頭的棋社卻另有風貌，裡面不僅窗明几淨，也少見眼露凶光吞雲吐霧的棋壇怪梟，多的是童聲稚語和大哥哥大姊姊的親切招呼聲，看看招牌，都已卸下棋社之名，而改稱某某老師圍棋教室了。

圍棋教室健康清新，是學弈下棋的好地方，不過卻不能化解我對傳統棋社寒夜殘燈，飄零楸枰的懷念。在劣質烏龍茶與長壽菸的氣味中，那些薰黃了手指的棋士身懷奇技，或扮做使大斧綠林好漢、或化成輕搖摺扇的落拓佳公子，在縱橫黑白的世界內外，追逐著非關真實人生的虛無勝敗，真有一些遺世忘憂的江湖情懷。在那種氛圍中，枰上的酣戰與現實的進退，都另有一種冒險犯難的武俠境界，只是「武俠」永遠只能活在舊日的神祕夾縫裡，進步的科技時代，消滅的不僅是飛簷走壁、隔山打牛這些不合時宜的驚人藝業，也消滅了一種慷慨坦蕩，磊落嶔崎俠士風範。因此我曾經認為「棋社」是現代最後的江湖，改成圍棋教室以後，不免對這個沒有驚喜與浪漫的時代略感惆悵。

隨著數位的發達，現在只要動動滑鼠連上網路，便可安坐家中，於「空中棋社」與人對弈。匿名的對手隱身在深不可測的網路世界裡，進招拆解雖也非常激烈，但勝了卻無甚歡喜，敗了好像也並不憮然，也許網路上的棋局輸贏，正是虛空裡的虛空，實在太難讓人激動了。這就像當今社會的人生成敗，有時只化為銀行電腦裡的一列數字，應對進退之餘，那數字好像與自我渺不相涉了。「臨場感」的匱缺我想確是造成現代人喪失衝刺動力的一大原因。那些中了樂透頭彩，一次領出現金倒在床上滾他一回的樂趣，就像漫天風雪的夜晚，那宿命的對手突然推開棋社老舊的木門，在孤燈下與你一手一手地密談起來，而往日的恩恩怨怨，是不是就在今夜一併了結了呢？

養和

野老與人爭席罷，海鷗何事更相疑。

人間仄偪，能有一方空間隨興讀寫欠伸皆不受干擾，那無寧是自足之樂；在這樣的空間，倘或有張簡樸堅牢的椅子，無人時凝養靜穆，工作時安穩而終日不倦，那便可稱為愜意了。

在坐具龐大的家族中，我對「凳」情有獨鍾。無論圓的高凳、矮的方凳、帶著濃厚土味的長凳，乃至於小公園的石凳，都是那麼樸拙、穩固而喜感。我沒法忘懷兒時坐在老家屋後的小板凳上，一邊幫媽媽揀空心菜，一邊看著矮簷滴下雨滴的光景。「凳」有一種親密的群體感，彷彿總是三個、五個聚在一起漫話家常似的，「閒坐賭櫻桃」的庭闈，「相對坐調笙」的深閨，那些浪漫情事料想都是坐在繡墩，也就是披了紈綺的鼓凳上發生的，促膝漫話是「凳」無法取代的美學風味。可惜凳是沒有靠背的坐椅，適合短暫休憩，不適合長時間工作。要知伏案終日，為的便是了卻公事往後一靠的剎那，如果沒有一個堅牢的椅背，人生便不知何以為繼了。

在讀了王世襄的《錦灰堆》後，我也嚮往一張「黃花梨南官帽椅」。花梨是南國良木，質地堅潤，紋理優美，略有玫瑰清香，西洋人美稱China Rosewood，在百木中是極雍容的質材。江南匠人所營造的官帽椅以造形簡約取勝，一張椅子四十二個組件，無論搭腦、扶手、鵝脖還是連幫棍，無一不清朗有神，實實在在中又能氣韻遙深，這種椅子就像華歆、獻之這類《世說》裡的人物，可謂東方線條藝術的逸品。功能即本質、斂抑卻大方的現代性，讓這些舊椅子成為世界各大美術館爭相典藏的對象，於我輩只能是一道遙遠的風景。

我們現在習慣高坐，膝關節彎曲九十度便覺不自在，因此「椅」是很有必要的，但至少在宋代以前，椅子是可有可無的家具，大家席地而坐，高貴的名流或置錦榻，沉思的哲學家則身倚凭几或背靠隱囊，但放低身子貼近自然的姿勢卻都相同。物我的無間，天地一體，就像童年，萬物都能是我的坐具：河邊一塊凸出的石頭、伐去枝幹的老樹樁、爸爸的肩頭媽媽的腿上，甚或一級月華石階、一片露濕青草、一架風裡搖曳的秋千……都曾那樣親切地容納過我。

不記得何時開始，「坐」也帶著一點拘謹。亞里斯多德認為物體的形式，便是將該物從溷濁的原初所區離出來的重要指標，黏土燒成了素碗，在情緒及意義上便與山裡的高嶺土不再相當，雖然最後它還是要回歸泥滓的。人彷彿也是如此，明白了何者能坐，何者不能，我也漸漸脫離了原初的我，少了天真，成為了一種固執、僵化的形式。於是，公車上留下汗濕的椅皮、公廁裡的馬桶墊圈、潔癖的姊姊新鋪好的床，這些都成為心與身的禁忌。

而對某些位子的嚮往，是中學以後的事。我們那「升學班」教室的座位，不像《水滸傳》裡的聚義堂是排定就永遠定了，而是按每次月考成績重新編次，老師認為這能讓所有人提高警覺，保持競爭。永遠坐在邊遠角落的我，始終觀看著全班三張最重要的椅子，如何在幾位資優生之間流轉遷變，悲喜交迭，慢慢也就明白了「爭席」這回事。「野老與人爭席罷，海鷗何事更相疑」，原來人生艱辛的歷練與清苦的超脫，也不過就是幾張椅子之間的事罷了。

看那世間，背高面寬，睥睨昂藏的大皮座椅，總以其傲慢之態俯臨眾生；初進用的小員，往往只得一寒素小椅，而且總是那麼搖搖欲墜。荒謬劇大師尤涅斯科的名劇《椅子》，用整個舞臺排列整齊卻始終空著的椅子，嘲弄了人們自以為是的存在意義，名位與其象徵原來只是心底的虛妄罷了；倘若人間真是如此，我們每日汲汲營營下的勞頓身心，究竟應該安坐何處？

古代為席地而坐的人設計了一種靠背，稱之為「養和」，讓人在俯讀聖賢書時，偶爾可以後傾，一解腰背疲勞並仰視天際，看那白雲之飛馳倏幻，看那日光之悄悄消逝，進而明白了怡養道德的性命之學，在淡泊的坐姿中齊物逍遙。因此我想準備一席蒲團，並用往事與詩為自己編織一座「養和」，這樣的一張椅子，或許最接近我已回不去的童年，那隨意坐在風裡而無限開懷的時刻。

種竹

早送清涼招暮雨，鋤霜植節羨無心。

董橋在〈回去，是為了過去〉一文中寫胡適之十三歲時種了一棵茅竹在花壇裡，從美國學成歸來，茅竹竟已成林。每讀這篇文章，總有些特殊的親切，許多童年的事早已不記得了，可做父母的總還念念不忘。胡適的母親一定要他去菜園看看竹林，我猜那是因為老太太每天在鄉下思念著遠渡重洋的兒子，日升日落，那片無心栽下而茂密成林的碧竹大約代替了兒子陪伴老人家，夏風一動，經常聆聽老婦人說心事的竹林一定伊伊呀呀地應和著；冬去春來，新筠嫩黃，或許也給了這位母親一點兒竹報平安的喜悅。

我的印象中竹總是野生在山丘林野，好像少見有人刻意栽種，除非是賣筍的農人，或者是愛竹的文士，刻意將竹移植在庭中窗前，以得一影清幽。從前念書時老師教寫舊詩，記得第一次作詩老師給的題目就是「種竹」，一直作到下課，才勉強謅了幾句：「早送清涼招暮雨，鋤霜植節羨無心」，現在看來實在是很幼稚的童言童語，不過父親還將它鈔在日記上，偶爾拿來像讀唐宋詩一般地吟詠，我雖感慚愧，但總想這大約也是一種老人家的心情吧！

我喜歡竹，蒼勁而秀拔的姿態特別像中國文人，無怪乎神態飄逸的西晉人總愛在竹林裡飲酒清談，野泉秋風，夕陽明月，言語都帶著鏗鏘的韻腳。我從去年開始種了兩株竹子，惜我蝸居廛市，樓房裡十分逼仄，門前屋後，既無一方庭園，亦無半畝菜畦，只好在窗臺上將它們栽種於花壇裡。初種時根芽不過拇指長，一年下來，已有三尺多高。唯我不善園藝，只是定時澆水，竹竿看來有點細瘦，不過仍挺拔得很有精神，竹葉不甚茂密，稀疏之中，也自有一番韻味。從此我總覺得煩囂離我又遠了一些，市聲煙塵，都在窗前的綠意中沉澱下來，化為一盞苦茶的心事或是一日空曠的悠然。文與可喜畫竹，題曰「我愛此君常默坐」，面對逸友如此，「默坐」應是最好的談心方式了。

終日奔忙在人潮車陣當中，想要「默坐」片刻實已是一種奢求，因此也喪失了許多樂趣。其實大多數的美都來自於靜觀，靜觀中並非可以發現什麼獨特之處，只是能格外體會生命在自然中所流露的謙遜與溫和，那樣無爭的自在總給予我幽幽的雋永之情。因此我總愛在匆促的生活裡默對心中的竹影，朝露夜雨，有時似乎也聽見當微風吹過，它們密切低語的聲音。

胡適的母親將他種在花壇裡的茅竹移栽菜園，終於蔚然成林。惟我總是擔心窗臺上的瘦竹，和我一樣在逼仄的世界裡，沒有辦法恣意展其枝葉，延其根芽。因此期望有一天，能將它們移種在青山水湄處，向仍在都市裡的我，吹送一縷清風。

影音歲月

相聚離開，都有時候，沒有什麼會永垂不朽。

奇士勞斯基時代

導師時間的閒聊，我的學生知道我連《練習曲》、《一頁臺北》、《賽德克巴萊》這些電影都沒看過，對李安、魏德聖這些人也沒什麼概念，就認定了我是個拒絕現代藝術的老頭子，這我當然不甚服氣，立刻搬出了：「我在你們這個年紀看過的電影……」一語未畢，同學年輕的臉上已是話不投機的代溝表情了。

二十來歲的那幾年我是個影迷，瑞典大師英格瑪伯格曼，義大利的費里尼、德國的文溫德斯、法國的楚浮、安東尼奧尼、美國的賈木許、俄國的塔可夫斯基、希臘的安哲羅普洛斯、伊朗的阿巴斯、日本的小津安二郎，還有伊馬庫斯托力卡的

《流浪者之歌》、陳英雄的《青木瓜的滋味》……陪伴我度過了無數因為沒有女朋友的孤單夜晚，有些電影也不是能真的理解，但是其中的一些片段，某個鏡頭、某段音樂，卻使我始終難忘。

那還是錄影帶的年代，到處索借，雙機對拷，生活追逐著大大小小的影展。後來認識的女友也是影迷，穿縮於各破舊的二輪電影院和MTV是我們約會的主要活動，那還真的看了不少好片，《鑰匙孔裡的愛》、《鰻魚》、《烈日灼身》、《安東妮亞之家》……這些也許不是什麼經典大片，但卻藏著使人難以忘懷的情愫，許多細節與對話，就像這些很真誠的電影，鏤刻一般永遠印在心中。也許是因為舊日的情感，總覺得現在再看什麼《斷背山》、《蝙蝠俠》等「大片」，就沒啥味道了。那是我的電影狂飆年代，那是年輕夢境的邊緣。

彼時正是奇士勞斯基最紅的時候，我們除了看過「紅白藍」、《雙面維若妮卡》，還找來了《十戒》、《機遇之歌》、《電影狂》等，貪享了那樣動人的年華。奇士勞斯基的電影並不賣弄什麼炫技，表現人生平凡中卻美麗的一面，意象簡潔準確而富有詩情，裡面一些小人物的掙扎尤其動人，《電影狂》裡素人導演記錄工廠殘疾夥伴的人生，很細緻地表現了一個活得比別人艱辛的人物。我雖不懂電影，但深深覺得奇士勞斯基是很偉大的電影導演，因為電影是他說出夢想與人生的唯一方式。追逐著那些影片，也是我電影年代最深的記憶。

近年不知為何，心淡意懶，不僅看片少，看太嚴肅的也容易累，上回進電影院看蘇古諾夫「一鏡到底」的《創世紀》，居然睡著了一會兒，醒來後非常自責與感慨，而幾年前買來送給妻子的《悲傷草原》，到現在還沒拆看呢。

我發現要進入電影的世界，有時是一種心情使然，不在那種心情底下，再好的片也會有格格不入之感。青春、理想、對人生與藝術充滿疑問，這是欣賞好電影的重要條件；而我現在，那縈繞的人生啊，事業啊，小孩啊，應酬啊……那鋒利的剪刀終於將最美好的一些片段剪去，使我成為一部媚俗而乏味的「普」級電影了。

冬日抒情

搭計程車最大的驚喜一是偶爾遇到一位談吐不凡的司機；二是在忙亂的旅程中，無意聽見那使人緬懷舊日旋律。

村上春樹的小說《1Q84》第一章，就是說叫青豆的女生坐在計程車上，突然聽到了一個古典曲目，在心底不知為何就知道了那是楊納傑克一九二六年作的〈小交響曲〉。楊納傑克對我來說頗為陌生，〈小交響曲〉的旋律如何也不是那麼清楚，為何選這個音樂放在書裡我想必有用意，不過有時覺得村上春樹很愛賣弄他的音樂知識，這是樂迷和影迷的通病。

上一回，一個夜雨的晚上搭車，車子雖不是很新，但還滿乾淨清爽的。車上收音機的頻率是愛樂電臺，正在播放非常清新的吉他。雖然故意彈得很慢，但不到兩小節，就可以聽出來是世界名曲，西班牙的拉第爾作的〈鴿子〉（La paloma）。據說這曲子是在古巴哈瓦那作的，古巴、阿根廷等國都說這是改編自他們的傳統民謠，講的是一個水手出港前的哀怨與嚮往，他想像鴿子一樣飛過大海，但倘若不幸遇難，他的靈魂將會飛回故鄉愛人的格子窗前。

記得小孩的兒童音樂CD裡也有這曲子，便問她是否有印象，沒想到計程車司機搶先用西班牙文說了一遍，原來這位司機先生是發燒友，聽了五十幾年的古典樂的老樂迷，開計程車是打發時間罷了。他聽說我家收音機接收愛樂FM99.7不是很良好，便勸我自己去買紅銅線接天線到屋子外面去，方便又不貴。又說他說最近都聽一些年輕不聽的東西，他細細說著心境與音樂的關係，才論到荀白克我就到家了，心裡不免嘆惜路途太短。

不過有時車上音樂，卻讓人更加惆悵。

記得有一次在冬日淒寒的微雨裡，兩頭疲憊而懷有挫敗感的老獸拖著一頭興奮不休的幼獸鑽進車內，中年的司機並不多話，平凡的音響正播放西洋老歌，說是老歌卻也不是真老，大約是一些七〇、八〇年代的流行音樂，那正是我的收音機音樂時代，彼時雖然是英文文盲，卻弔詭地喜歡西洋歌曲。車內一曲結束，下一曲前奏響起，正是當年極喜愛，卻多年不再聽到的〈I've Never Been to Me〉。

最後一次聽到此曲，已是好幾年前看電影《沙漠妖姬》時，此曲作為該同志電影的插曲配樂也真是別有新趣。這首悠揚的歌曾讓我的童年充滿幻想，一位風姿綽約而嚮往自由的美女，享受過人間無盡的旖旎風情，卻終於感嘆從未找到真正自我。據說這歌一開始不紅，錄音時連中間的一段口白都被刪掉了，後來不知為何突然被大家喜愛，成為世界著名的流行音樂。「如何找到自我？」這實在是一個大哉問，歌曲中那神祕的女郎最後告訴了另一位一樣迷失自我的小姐，真正的自我存在於「懷中的寶寶」與「早上吵架晚上纏綿的那個人」，這答案是很美國式的，我與妻子互望一眼，再看著懷中吵鬧不休的寶寶，伴隨著輕盈夢幻的歌聲，正是「欲辯已忘言」的時刻。

窗外冷雨颼颼，我不知道希臘郵輪上金色年華香檳佐餐的盛宴和眼前寒愴狼狽的一切，哪一個更能讓我有「找到我自己」的感覺？但在這微妙的歌聲與回憶交織的片刻，在我下車前的一剎那裡，人生似乎有了小小的憬悟，世界明亮了一些，又黑暗了一些；那失去的自我也許是永遠找不回來的，但能在一種歌聲裡想到「自我得喪」的問題，想到失去的悲哀與擁有的深刻感，其實這樣的旅程已是相當浪漫豐富的了。

慢板

與流行音樂脫節了很久，卻在二手書店裡買了一張CD，是環球音樂一九九七年出版金智娟（娃娃）重唱她的一些招牌歌專輯。讓我訝異的是雖然我一直對她的歌藝頗有好感，但從未買過任何一張她的錄音帶或唱片，直到今天，而且還是二手的。

推算一下，她的歌唱事業開始時我才小學生呢，那時張小燕的《綜藝100》是最流行的電視節目吧。在民國七十幾年的時代，娃娃的歌路與形象大概帶有一點叛逆的味道，我覺得那種時代氛圍實在很迷人，一首狂放的〈就在今夜〉突然殺進戒嚴中的「復興基地」，點點強烈的鼓聲與嘶喊，「今夜」一詞給人的暗示，好像喚醒了大家埋藏太久而漸臻遺忘的屬於人的那點東西，那是「中華文化復興運動推行委員會」潰敗的開始。相較於當時走溫婉路線的玉女歌手，娃娃那帶有些許嘶啞的音色在臺灣可說是獨具一格地真誠，相形之下，我覺得後來的臺港歌星，似乎就少了一點個人特質，音樂也模糊而平淡了。

隨意放著唱片重新溫習了一下過去在電視、電臺零星片段聽過的一些歌曲，好像人生就是這麼一回事，幾支歌曲就少年到白頭了。大約在九〇年以後，娃娃由叛逆少女轉型為溫柔感傷的都會女性，走陳淑樺一類的庸俗路線，林夕和羅大佑這麼強的卡司搞出來的〈如今才是惟一〉，歌聲中毫無靈魂；比起早年邱晨寫的〈就在今夜〉、〈河堤上的傻瓜〉這些不成熟的小情歌，我相信邱晨對娃娃的演唱本色以及生命特質，有遠在羅大佑他們之上的體會。

但，是不是人到了某個年齡就必然丟掉年輕的歌聲，走向一個不痛不癢，而且漫無目標的深淵當中呢？

失去了許多美好的我，多想再次聆聽十七歲的娃娃在昂揚的鼓點中嘶吼著就在今夜我將離去就在今夜一樣想你，但要命的是這張二手ＣＤ竟把這首歌改成慢板，用都會抒情的嬌柔來演唱，像一坨在冷水裡泡發的饅頭，噎不死人也咽不下去。這就是中年滄桑嗎？在搖搖欲墜的人生此刻，突然發現要回到昨日竟是那麼困難，情味如舟天更遠，還有什麼比這更荒涼的呢？

流星雨之約

寒冷的假日在冰凍的研究室查資料，並用頻頻卡紙的機器列印文件，心情不能說怡然。偏偏校園裡搭起舞臺，一群青少年勁歌熱舞吵翻天，也不覺讓未老的我有了良辰美景奈何天的浮士德式的悲哀？

入夜之後，歌聲更盛，各式雷射光束下隱約是什麼「陪你去看流星雨」之類的，惟音調走失，不能細辨。憤然關燈回家，夜裡，用孤狗搜尋了一下關鍵字，這歌原來是F4多年前的名曲：「陪你去看流星雨落在這地球上，你的淚落在我肩上，讓你相信我的愛只為你而勇敢……」言承旭等人在MV中還是那麼青春健朗，清爽的面頰和大塊的肌肉像尹雪豔一樣永不老去。

順著網路上跳出來了音樂，與妻在燈下一路聽了〈不要對他說〉、〈有一點動心〉、〈同桌的妳〉、〈至少還有你〉、〈海上花〉等等學生時期濫情過的流行歌，這才感到了所謂遺老、遺少的悲情。一直點到王菲唱起〈紅豆〉：「相聚離開，都有時候，沒有什麼會永垂不朽。可是我，有時候，寧願選擇留戀不放手——等到風景都看透，也許你會陪我，看細水長流。」

我不禁喟然長嘆，原來這些流行音樂雖然虛妄，但最終還是能唱出我們這平凡一生中最終的期待，無論是看流星雨還是看細水長流，有個人陪總是好的。於是當下承諾妻子：再給我數年的時間，待了結了人間的恩恩怨怨，我們便找一處青山綠水養雞種菜，不再過問江湖之事；每晚在流星雨的夜空下，在細水長流的小溪邊弄一臺金嗓或點將卡拉ＯＫ，把這些庸俗的情歌唱過一闋，不枉今夕，亦不負此生。

一日

你這樣吹過
清涼，柔和
再吹過來的
我知道不是你了

——木心〈五月〉

鞭炮聲忽遠忽近傳來，小室幽暗，大年初五，今天該是開市的日子，真好，休息數日的商販或工人將拉開鐵捲門，逢人說一聲恭喜發財，回到一個既定的常軌，出貨、盤點、訂單與帳目，一個瑣碎又確實的人生，開市是好的，勤勉是好的，有生意做是好的。但我是多麼疲倦啊，這樣的新年，這樣庸俗而熱鬧的話題，福袋、塞車、命理師與大四喜，我的一切像無聊的煙火每日每日，不知是該起身面對，還是繼續逃避？

陰雨多日，今日晴。

簾隙已有陽光的魅影，閃動、閃動，好像一隻上帝的手撫摸過你的頭髮，或像一個情人的擁抱；有人說上帝是一個水手，只有溺水的人看得到祂。拉起窗簾，花葉簌簌，每一片綠葉都以不同的角度折射光線，因而世界有了不同的明暗與溫涼，並隨時變換著。聆聽舒伯特，阿貝鳩奈奏鳴曲、D940或D608，吃乾麵包時計畫著今天；前兩日已換了燈泡，熨燙衣物，洗滌了家裡所有冷氣、暖風爐、除濕機、抽風機、烘衣機的濾網；做了泥工，將內牆有滲水破漏處一一刮除並批土補實。那麼今天應該將實木地板與家具打蠟，先仔細除塵，然後開始在細布上倒一點刺鼻的蠟油，反覆擦抹並感受那木質的紋理，多少的歲月，寂寞的年輪，彷彿和森林密談美或生命的奧義，竟不免對存在及意義這些事也有了一些悲哀，可見擔柴施肥都有禪機並不虛妄。半日下來，晴陽已豔，工作也大致完成，腰痠背痛，膝及蹠骨等關節皆染蠟紅。

烹煮午餐。一面聽陳昇的《六月》，一面將切段整齊的青江菜置入沸水，雙蔥炒肉片是昨天想好的主菜，再煎一個蛋，培根留到晚上再燙豆苗吧。一切就緒，正好以白米、糙米六：四比例炊的粥也熟了，因而想起黃粱一夢的事。陳昇正唱到：

花朵在夜裡歌唱豈只是想起昨天
莫非是因為歌的旋律有你
我沒有好的信仰，腦子有綺麗幻想
在生命歌裡，將一無所有
我不害怕，人生何其短
但是我恐懼一切終必要成空
時光的河，悠悠地唱
告別了今天仍不知懺悔……

其實陳昇頗有才華，這麼多年以前的歌現在聽來還頗有感觸，或許是以前並不理解時光所帶來的傷害，或許是現在漸漸明白「終必要成空」，不過老歌最容易喚起往日而徒增惋傷，那時如此年輕、如此悠哉的我，有今日可羨的愚騃。

洗畢碗碟，煮一杯咖啡，說是臺灣咖啡，我看多半是假，再配一片比利時黑巧克力，我看也是假。黑色的河是薩伊德的東方之旅，也領我走向神祕的精神之境。

下午二時三十分，正可開始讀書。

《木天禁語》、《詩學禁臠》都不太好，據說「臠」是豬頸肉，那不是很膩嗎？但《二十四詩品》是好的：「娟娟群松，下有漪流。晴雪滿汀，隔溪漁舟。可人如玉，步屧尋幽，載瞻載止，空碧悠悠。」這樣清奇寥然的散步正屬於我避開新年氣氛的嚮往；而「青春鸚鵡，楊柳樓臺。碧山人來，清酒杯深」的活潑，正宜今日的晴光。讀書還不錯，但做研究是苦的，「世間安得雙全法，不負如來不負卿」？

載浮載沉，並無特別所思所悟；抬頭斜陽已深，想到昨天晾的衣服應該收了，往陽臺一摸還相當潮濕，畢竟連續寒雨數日，微弱的陽光沒有什麼效果。搬來除濕機，將收下來的衣服置前除濕。感到一絲倦乏，沉坐在沙發上，臺北靜得出奇，一隻無名小鳥的啁啾特別清亮，花貓走過對面矮屋的瓦頂，前方遠東大飯店輝煌的燈亮了起來，多少人在華燈之下，多少人在華燈之外？收起冥思，準備晚餐。

雞湯、培根豆苗、炒牛肉絲，一面打開「網樂通」。這免費的機上盒有新聞和電影，新聞還是那麼無聊，莎拉波娃打入澳網決賽了，其實我覺得她比不上葛拉芙甚或辛吉斯。開一瓶海尼根吧！轉到電影台，選了《黑色大理花懸案》，這是詹姆士·艾洛伊（James Ellroy）的小說，不過電影冗長乏味，演員賣力卻怎麼也表現不出書裡懸疑靡爛的氣氛，不過也算非常用心的美國片。心裡頗感懊悔應該選看

《變形金剛》，合法的暴力，快意的開火，打打殺殺有時反而是最沒有壓力的。

關掉電視，收拾杯盤，洗完澡又是睡眠的時間，上網看一下電子信箱，臉書上多是大吃大喝的照片，國外的雪景，冷笑話，如果人類的文明也有疲倦的時刻那麼應該是現在嗎？忽然想起還沒有仔細讀從博客來買的書《雲雀叫了一整天》和《偽所羅門書》，我不知道那樣的文字該稱為詩還是隨筆或散文，形式其實是不必要的，但不能缺少觀點：

偶有鴉啼數聲，除此別無擾音
烏鶇飛來啄食野枇杷，那是季節

可不是嗎？我的寂靜，靜裡的燈，燈光橙黃地染色一首荒遠的詩，除此別無擾音，也是我的季節。

夢見了妻子，我們在路邊一個簡約的公園坐下，彷彿在等待著什麼，周圍的草色鮮綠，市容繁忙。忽然轉醒，黑暗中手錶輕微地響著，浮現心中是睡前最後讀的段落：

你這樣吹過
清涼，柔和
再吹過來的
我知道不是你了。

好像有冰冷的風從窗隙滲入，每一個門窗上的鎖都在暗中冰涼而警覺，但一日仍這樣被輕輕帶走，在我森嚴的心裡永恆地遠去了。

回憶

—Touch me, it's so easy to leave me
All alone with the memory of my days in the sun
If you touch me
You'll understand what happiness is
Look! A new day has begun.

夏日的漂鳥飛去，遠方在西風裡遊唱。細數生命裡的波光浪影，誰能無嘆於暗中瀉漏的時光，靜美如斯，痛苦亦如斯。

文學源自於追憶，這不僅是指文學的內容全然是對過往生命的留戀與懷想；更是指文學的目的，旨在喚起我們對舊時光的惆悵而言。後人喜愛唐朝詩人杜甫的作品，是因為他極善於表達他對美好盛世的追想，以及訴說人間不能永恆靜止在剎那裡的感傷；他或藉著一段流落的舞蹈、一闋春日的清歌、一籠朱圓的櫻桃，來消遣半生不幸的寄寓與乎對昨日帝國繁榮的念想，這不僅是個人的滄桑，也是人類心底普遍的一嘆，因此讀其詩感到親切，感到動容，原因便在他不止耽溺於自我，而是透過書寫回憶，含蓄地提醒讀者：你也該有一些什麼昨日的緬懷吧……。

回憶，是弱者，是失敗者的靈藥與鴆毒，莫泊桑寫「梅呂哀」（Menuet），裡面古怪的老舞者日日在舊宮廢園演習失傳的宮廷舞，以此自娛自負，詭異中滿是悲涼，回憶讓他們暫時生存，亦使他們永遠死亡。而張愛玲〈金鎖記〉裡那個把自己想像成是一個美麗的、蒼涼的手勢的姜長安，不是也愛在半夜吹Long Long Ago的口琴嗎？

回憶創造了文學與所有的藝術，但憑藉人腦，回憶經常莫名地被扭曲、被美化，甚至被刪除得無影無蹤，因此文字與圖畫是我們留住回憶的第一個方式，隨著科技的進展，影像與聲音可以更牢靠地收藏在匣子裡，而當今的科技，多多少少也是特別為了保存回憶而創造出來的。我們把那些人腦無法負擔的無聊會議錄進一枝筆中，將那些特定歲月裡的笑容數位化以防潮霉風化，將轉瞬即逝的點點滴滴存在鏡頭的像素裡，這一切不過是為了方便我們一再重播，一再回味與一再嘆息而已。但相對於舊時對一張老照片的珍重，便利的科技反而淡化了省思「回憶」之於人生或藝術的意義何在，也讓我們拙於在心底瀰漫慢慢翻開、慢慢追索、慢慢想起的溫柔。手機裡隨照即刪的笑影，電腦桌面每日更換的心情，我害怕我們自以為安心的將往日裡點點滴滴的情懷、妄念，與際遇裡或長或短的哀欣全交付機器，而我們終有一天不再能透過自己想起，某一個夏午風簾展動的年輕，或是永遠消失在月光下的跫音。

但我還是執著地隨手拍下這個城市跨年的煙火，拍下公園的散步，桌上豐盛的晚餐，誇張的廣告牌和裝置藝術，浮華而飛揚的太平盛世彷彿處處都值得訴說都值得留戀，也許等這一切某天同成泥灰了，我們還能透過存在硬碟裡的檔案想起一些燦爛一些恩典，以及一些可笑可悲的失去。就像那英文歌裡唱的：「如果你觸撫我，你將明白快樂是什麼」。

對於回憶，的確，那是一種輕觸和撫摸的感覺，而回憶裡的快樂，是靜止在影光裡的喧譁，是明白了什麼的清澈，像秋風裡遠去的漂鳥，是一顆易晞的淚。

卻顧所來徑

暮從碧山下，山月隨人歸。卻顧所來徑，蒼蒼橫翠微……

人生總是慢慢從追尋，轉變為嚮往。漸漸安於現實，甘於妥協，接受屬於與不屬於自己的一切。那些少年時熱烈的渴求、自我期許的標的和理想的生活型態，逐一退為心底遙遠的風景，隔著時間的河岸日益朦朧，像隱沒於大霧的海外洲島，縱使羅盤指出了它的方位，但在生活濁浪的磨損下，人生這艘疲乏的小船，已沒有追求的勇氣與征服的力量了。

從陽明山腰望向臺北，灰河蜿蜒，群樓起落，紅塵擾攘的世界成為一幅寧靜的風情畫，徜徉於午後的風裡，總是想著競逐與占有的心也在此刻息止。受到傳統文化陶冶的知識分子，無論廟堂鼎鼐或是奔走草莽，心中總是懷抱著一方山水田園，種菊養鵝，讀書賦詩，在清冷的世界感受大地的豐饒，體會宇宙大化的神祕與恩典。不只是陶淵明、范石湖如此，學貫中西的林語堂先生亦謂：「我要一小塊園地，不要遍鋪綠草只要有泥土，可讓小孩搬磚弄瓦，澆花種菜，餵幾隻家禽。」

如今距離林先生逝世已屆三十年，他的這麼一小塊園地，還在陽明山麓上。流連於此，那些他也曾相對的青山流嵐還是變幻無定，而眼底的臺北高樓卻已蔚然成林了。這爿小小的宅院外觀有著地中海的風情，白牆石柱，拱門矮階，表現著西方文明閒適優雅的高貴；穿過迴廊，走進房中，那幅稜瘦的墨竹，那匹昂首的奔馬，又表現了中國文人謙沖自牧卻胸懷萬里的性格，成架的書冊，案上的檯燈與打字機，彷彿都在等著散步回來的主人繼續完成他的書稿，恬靜之中，自有氣度。

簡約卻帶有迷人風采的小世界正是一個文人心靈的表徵，他的人生一如文章，毋需過多的修飾而自然地貼近人心，看似輕鬆卻在最小的細節上都不肯有一絲的苟且。相對於那些貪官富賈的珠光寶氣與故作風雅的俗不可耐，林語堂先生的故居乃以真實學養散發生活的光彩，在素樸中展現了氣度與識量。臺北厭飫富貴，膩煩輝煌，所少的正是涵養與沉澱，真誠與樸實。林先生不僅在文章上留下珠璣，在生活上亦以其風範啟迪著今世。

俯拾舊跡，夕曛滿屋，我想我的人生如果還有嚮往，也許就是這樣的心靈和生活，所有的喧囂都將止於此地幽木以及桌燈所散發的淡淡光暈。「暮從碧山下，山月隨人歸。卻顧所來徑，蒼蒼橫翠微……」讀著林先生手書李白的詩句，我想他也許是在山居的日子裡回顧了自己，東西文化，宇宙文章，都是那一片在初月下蒼茫的山色。

是該離去的時候了，我默然地想起林語堂在名著《蘇東坡傳》中最後的一行話：「他的名字只是一段回憶，但是他卻為我們留下了他靈魂的歡欣和心智的樂趣。」有這樣山腰上的家，有這樣深邃的暮色與靈魂，林語堂在臺北，應該是極其喜樂的吧！

橄欖樹

為了天空飛翔的小鳥，
為了山間清流的小溪，
為了寬闊的草原，流浪遠方，流浪……

雨水、塵灰、凌亂的建築、車聲喧譁、虛偽的洋式咖啡館、政治黑頭車裡的祕密、男女寂寞與焦躁的心，對於臺北，你還能記憶什麼？古道的蒼苔、青山的閒望？對我來說，臺北是回憶之都，是一張掛在時間黑牆上的手洗老照片，記錄了光陰，卻也漸漸為歲月沖淡了試圖留住的痕印，在褪色的蒼黃裡，臺北彷彿一片少年時夾在詩冊裡菩提葉，曾經那樣鮮明地綠過，那樣深刻地黃過，如今只賸稜稜葉脈，殘存著成長中的風聲、細微的夢想、淡成一片遠方晴空的懷念。

多年來我是如此確實地住在臺北，住在她的呼吸與步調中，窗臺上的榮枯與櫥窗裡的折扣隨時提醒我有關她的四季，新落成的建築與黯然敗選退出角逐的政客也暗示了所謂的年歲興衰。我在其中開學、考試、講演、結業，默默地享有一條街道的繁華，也淡淡地感受一方公園的寂寞；苦的雨水、甜的聲音，我與臺北像契合的大小齒輪，終日旋轉而成為時間，從原點到原點而寫完了生命。也許這是生長於斯的所謂宿命，但我也不禁想像，那些遠方來此尋夢的旅人，是否也在這潮濕、庸俗與略帶滄桑的盆地裡，慣於臺北溫柔的晨昏，習於臺北遲疑的寒暑？

行過和平東路的一排橄欖樹，油綠而堅的枝葉在煙塵中毫不起眼，就像那些來自他方，為了一個人生夢想而匯聚於此的異鄉人。這時我總想到李泰祥的〈橄欖樹〉與齊豫的歌聲：

> 為了天空飛翔的小鳥，
> 為了山間清流的小溪，
> 為了寬闊的草原，流浪遠方，流浪……

於是人生就成了流浪的故事，跫音化作和絃，追逐風一般的夢想，流浪遠方，流浪。

但臺北沒有飛翔的晴空，沒有山間的清流，更沒有寬闊的草原。我慢慢地看見，在一樣擁攘的人群中，總有一些目光顯得陌生，他們略帶好奇打量臺北欲望的縱深，換算成心底故鄉的尺度，盤算如何濟渡那些人潮那些虛妄的繁華，如何站穩足跟，乃至於進取與征服。因此我知道他們是為了那夢中的橄欖樹而來，以一種全然不同於我的角度感受入夜時的華燈，諦聽黎明時分由遠而近的聲響，享有每一份食物……。命運注定了我們的相遇，卻也注定了我們對這個城市，必然存在的差異詮釋，在當下，在許多許多年後。

臺北的行道樹十分多樣，菩提、小葉欖仁、楓樹、樟樹、榕樹、阿勃勒、茄苳……。它們，有些本土有些洋化，代表了不同的年代的城市美學觀點，卻給了路人一樣的四季與清涼。但和平東路上的橄欖樹只有短短一列，不知是誰在何年所種下的，據說每年也有累累的結實。啊！夢中的橄欖樹，如果有一天我也成為了異鄉人，請為我在葉隙篩下晴空，引領我躺在清溪旁，並給我一片雨季過後就是旱季的草原，還有絃聲與歌，安慰我對生長我的城市那遙遠的思念。

當代名家・徐國能作品集2

詩人不在，去抽菸了

2014年6月初版　　定價：新臺幣280元
2016年5月初版第二刷

著者	徐國能
總編輯	胡金倫
總經理	羅國俊
發行人	林載爵
叢書主編	胡金倫
封面設計	兒日
校對	吳美滿

出版者	聯經出版事業股份有限公司
地址	台北市基隆路一段180號4樓
編輯部地址	台北市基隆路一段180號4樓
叢書主編電話	(02)87876242轉203
台北聯經書房	台北市新生南路三段94號
電話	(02)23620308
台中分公司	台中市北區崇德路一段198號
暨門市電話	(04)22312023
郵政劃撥	帳戶第0100559-3號
郵撥電話	(02)23620308
印刷者	文聯彩色製版印刷有限公司
總經銷	聯合發行股份有限公司
發行所	新北市新店區寶橋路235巷6弄6號2F
電話	(02)29178022

行政院新聞局出版事業登記證局版臺業字第0130號

本書如有缺頁，破損，倒裝請寄回台北聯經書房更換。　ISBN 978-957-08-4410-8 (平裝)
聯經網址 http://www.linkingbooks.com.tw
電子信箱 e-mail:linking@udngroup.com

國家圖書館出版品預行編目資料

詩人不在，去抽菸了／徐國能著．
--初版．--臺北市：聯經，2014年6月
272面；14.8×21公分．
(當代名家・徐國能作品集2)
ISBN 978-957-08-4410-8（平裝）
[2016年5月初版第二刷]

855　　103010350